# LILO ALTENKOPF

**Herzweh,** aber Hauptsache **Frühling** im Kopf

novum pro

Dieses Buch ist auch als
e-book
erhältlich.

www.novumverlag.com

Bibliografische Information
der Deutschen Nationalbibliothek:

Die Deutsche Nationalbibliothek
verzeichnet diese Publikation in
der Deutschen Nationalbibliografie.
Detaillierte bibliografische Daten
sind im Internet über
http://www.d-nb.de abrufbar.

Gedruckt in der Europäischen Union
auf umweltfreundlichem, chlor- und
säurefrei gebleichtem Papier.

© 2023 novum Verlag

ISBN 978-3-99131-861-3
Lektorat: Melanie Dutzler
Umschlagfoto: Lilo Altenkopf
Umschlaggestaltung, Layout & Satz:
novum Verlag
Innenabbildungen & Autorenfoto:
Lilo Altenkopf

**www.novumverlag.com**

**Climate neutral**
Print product
ClimatePartner.com/16547-2201-1002

# Inhaltsverzeichnis

# 1. Kapitel

## *Wie fang ich an?*

Gibt es für jedes Vorhaben eine Gebrauchsanweisung, ein Rezept, eine Anlaufstelle? Ist es klug oder zum Scheitern verurteilt, sich einfach hinzusetzen und zu beginnen, seine Gedanken in Worte zu kleiden und niederzuschreiben? Bin jetzt einigermaßen gestärkt, nachdem ich als ungeborenes Computerei ohne Eizahn das Fragezeichen entdeckt habe und bekomme mit meinem Zweifingersystem Aufwind, weil immer noch entweder der spärliche Text oder das Programm verschwunden sind und ich im zähen Fluss bei der Buchstabensuche Zeit finde, um einige grundlegende Fragen zu klären, mit mir selbst:

Beginnt man von vorne, hinten oder mittendrin? Mit dem Aufregendsten, dem Schlechtesten oder dem Gegenwärtigen einer Geschichte?

Bin ich am ehesten mittendrin, an einem Scheideweg oder in einer Sackgasse wie so oft in meinem Leben, nicht virtuell, sondern wahrhaftig als Wohnort. Ich fand die Sackgassen immer besonders interessant, da sie sich meist weder weit verzweigen noch endlos irgendwohin führen, gute Voraussetzungen, sich nicht verirren zu können. Verirren ist ein großes Problem für mich, auch für andere, die meinen Aussagen: Ich kenn da eine Abkürzung oder einen Schleichweg vertraut haben, und es stellt sich mir auch die besorgte Frage: Was ist aus den Menschen geworden, denen ich einmal einen Weg erklärt habe?

Früher, als die Sackgassen noch nicht in mir waren, empfand ich sie als gar nicht so schlecht, nicht beengend und nicht beängstigend.

Jetzt hier, mitten in meinem Leben ist diese blaue Tafel mit dem weißen Balken, der irgendwo andeutungsweise endet, störend mitten in meinem Gesichtsfeld, sie versperrt mir die Sicht wie das berühmte Brett vorm Kopf, sie füllt meine ehemalige Rundumsicht, vergleichbar mit dem einer Schleiereule, beengend aus.

Der Mann neben mir im höhenverstellbaren Pflegebett döst oder schläft, er ist meiner und hat leider wenig Bedürfnisse, Schmerzbekämpfung mit Opiaten, die ihm seine einst großen Gedanken und Gedächtnisleistung raubten. Er hatte einfach ganz viel Pech mit einer missglückten Operation in seinen frühen Jahren und ich folglich mit ihm. Mitgehangen, mitgefangen, sagt man doch so!

Während ich ein paar düstere Gedanken verscheuche, folgt mir mein Kater, mein ständiger Begleiter, wenn ich wie so oft zu Hause festhänge, weil es eben schwer ist, den Ehemann in seinem Pflegebett allein zu lassen und sonst niemand da ist, der dieses Los manchmal mit mir teilt. Ich liebe und bewundere die Eleganz und Leichtigkeit des Katers und am meisten die schöne Selbstverständlichkeit, mit der er lebt, seine Leichtfüßigkeit und Unbekümmertheit und ich überlege, wann ich das letzte Mal so selbstverständlich und leichtfüßig gelebt habe, und ich suche zu diesem Gedanken ein Bild in meinem Kopf. Doch die Bildersuche gelingt mir nicht. Weil mich anderes hemmt, hab ich aufgeschrieben, was ich aus der Apotheke brauche. Sind genug Klistiere da? Wie frei wird man während des Schreibens oder hält man schriftlich, nachweisbar für sich selbst alles Belastende fest, und warum liege ich hier neben ihm am Bauch auf meinem Einzelbett, sehr schmal, weil neben dem Pflegebett nicht mehr viel Platz ist, und meine Schwester schreibt mir aus Abu Dhabi! Wir schreiben hin und her, sie aus den Emiraten, ich neben meinem Kekse kauenden Ehemann. Ich denke daran, welche Ängste ich die ersten Nächte in dem dünnen Bett ausstand, weil ich ständig befürchtete, aus dem Bett zu fallen, und auch daran, dass Gefängnisbetten wenigstens an einer Wand stehen, sodass man nur auf einer Seite herausfallen kann!

Ich frage mich wie interessant solche Gedankengänge eigentlich sind oder ob sie auch im Kamin landen wie mein erstes Romanfragment. Die höchst fragwürdige Handlung spielte in Indien, ich recherchierte im Atlas die direkte Umgebung meiner indischen Kleinstadt und kam mir sehr professionell vor. Ein Jahr später zweifelte ich stark an mir und dem Geschriebenen, warf die losen, eng beschriebenen Blätter in die Flammen, gleichzeitig mit fast allen frühen Gedichten, bis ich mir selbst Einhalt gebot und noch meine Lieblingsgedanken rettete. Schon als Kind wollte ich Schriftstellerin werden, weil bei Jessica Fletcher alles so leicht erschien, so mühelos und interessant, ohne die nur schwach angedeuteten Rahmenbedingungen wie Verlag, Verleger, Buchmarkt, Auflagen, Lektoren. Mit kindlicher Unbefangenheit und dem Glauben an die Echtheit der Handlung des Films, erschien mir das Leben einer Schriftstellerin als das Höchste.

So mühsam habe ich es mir dann doch nicht vorgestellt. Und so viele Fragen auch nicht: Schreibe ich nur für mich, um dem Alltag zu entfliehen, will ich mich intensiver an die Zeit vor Klistieren, Keksen und Harnbeuteln erinnern, will ich mir bewusst machen, dass die

Vergänglichkeit uns eingeholt hat, dass wir den Vater und eine Schwester verloren haben, dass die Mutter auch schon alt und zerbrechlich ist, dass auch ihre Gedanken schon abbröseln, dass wir Schwestern auch schon müde wirken, manchmal mehr, manchmal weniger. Und wo sind das Herzflattern und der Spaß und die Abenteuerlust versteckt und die wilde Gedankenflut von früher? Ist alles zerschellt am Alltag mit seinen bösen Bärenfallen und fragst du dich nicht mehr, ob du heute gelebt hast oder nicht, nur mehr, ob du alles geschafft und nichts vergessen hast. Warum auch immer, versuche auch Ordnung in Handlungsabläufe, Begegnungen oder Ereignisse zu bringen, was mir nicht gelingt. Auch jetzt, in meinem neuen Alter, ist alles Vergangene mit Gegenwärtigem verknüpft, ein Geruch, ein Lied oder ein Bild führen mich weit zurück oder weit voraus, kann es nicht genau einordnen, auch früher nicht, wer mir die Worte schickte, die ich dann aufschrieb. Die unsägliche Wut, sie ist noch da, richtet sich gegen die Gedankenlosen, die Ausbeuter meiner Erde, ja, sie gehört auch mir, gegen die, die glauben, sie hätten Rechte und Recht auf mehr Besitz, Rechte, alles zu nehmen, was man mit Geld kaufen kann, richten sich gegen den dümmsten Satz aus der Bibel: Macht euch die Erde untertan. So kann er es nicht gemeint haben.

Der Kreuzzug endet, Worte, die in dieser Wut entstanden, vor vielen Jahren: Sie alle drängen sich auf, sind immer unausstehlich nahe, zu nahe, weil wir zu viele sind, zu nahe für mein empfindliches Geruchsorgan, sie alle aus der Stadt mit den wackligen Häusern, auf dem Müll ihres scheinheiligen Wunsches, dem Müll ihrer Städte zu entfliehen. Der Kreuzzug beginnt. Aufbruch zu den Stätten eines gelobteren Landes, unheimliche Bewegung jener Masse von Unzufriedenen, die von Müllhaufen zu Müllhaufen wandern, um hinter einem der übelriechenden Berge einem größeren Mond entgegen zu schmachten. Die Ritter reiten schon längst nicht mehr auf Pferden, führen keine Speere in ihren Händen, doch sie zeigen ihren Kindern den Kreuzzug, gewöhnen ihre Müllgeburten an den sachgerechten Umgang mit Abfall ihrer Gattung, ihrer Körper und ihrer so hoch gepriesenen Errungenschaften.

Aus einer Kloake zur Taufe gehoben, von einem Umweltschützer, der die Hoffnung noch nicht verloren hat, gewöhnen sie sich gleich Ratten vom Rattengift zu leben.

Der Kreuzzug steht, in dem Gefühl jenes Abwartens, möglichst lange den eigenen Faulungsprozess hinauszuzögern, in Papierschuhen über Tuberkelbazillen zu wandern und das Gift in umweltfreundlichen Pfannen zuzubereiten, der Kreuzzug endet, der Kreuzweg beginnt.

Die dahinziehende Masse von Christussen verschließt ihre Lippen, trägt keine Kreuze mehr auf den Rücken, sondern ihre geschwürbedeckten Kinder und Enkel, Mütter und Väter aus der Zeit, als der Abfall zu wachsen begann, die ihre Kinder aus der Kloakentaufe heben ließen, von Umweltschützern.

Sie schleppen ihre eiternden Lasten auf den Müllberg Golgotha, um die Umweltschützer ans Kreuz zu schlagen, die belächelten Paten ihrer Kinder.

Ganz still ist es in mir, doch die unangenehme Furcht, dass sich nichts ändert, dass alle weiterhin die Erde geißeln, von der auch ein Stückchen mir gehört, lässt mich in mich hineinhören, suche und finde diese Wut, die mich wachsam sein lässt, die Wut, die ich noch brauchen werde.

# 2. Kapitel

## Rauschendes Leben oder nur Schaum im Ohr

Was hat uns früher so alles gelockt? Was passte alles in einen, einen einzigen Tag hinein, das war eine faszinierende Fülle von Eindrücken, Erlerntem, Interessantem. Alles war möglich, alles war offen, das Leben stand zur freien Verfügung wie ein vollgefüllter Kühlschrank für ein Kind, das keine Verantwortung trägt, der Kühlschrank ist ohne dein Zutun prallvoll.

Manchmal, wenn ich meinen Gedanken nachhängen wollte, suchte ich die Stille im Moor. Dort lief die Zeit anders, dort konnte ich den Abend mit all seinen Gerüchen nach Schlamm und Vergehen einatmen, stehende Mücken vor meinem Gesicht wie Minidrohnen. Ab und zu stößt noch eine Landmöwe herab und taucht den Schnabel in dieses stehende, schwarzglänzende Wasser vor mir, das kleine und große Blasen an die Oberfläche schickt, die dann fast lautlos platzen, mit einem ganz feinen Geräusch, das man nur in der Stille des Moores hören kann. Damals, das war die Zeit der Tastentelefone, Samstagquizshows, die Zeit der Abgeschiedenheit mit den Eltern und allen Schwestern und einem kratzbürstigen Findlingshund, ebenso mit mehreren Katzen. Die Zeit erschien so unendlich in ihrer Fülle und genauso unbegreiflich fern das nächste Jahr. Dann saß ich oft am Rande des Brackwasserteichs und atmete tief die leicht modrige Luft ein und sah die Sonne hinter dem Sattnitzzug untergehen. Noch bevor die Bäume lange Schatten warfen und mich noch einige Gespenster aus Kindertagen verfolgten, nahm ich schnell den Weg zurück zum Haus, das schon beleuchtet und friedlich auf mich wartete, mit den Schwestern, den Eltern und dem kratzbürstigen Hund und meinem Lieblingskater, den Weg zurück in die Wirklichkeit des allabendlichen Drängens im Badezimmer, das ich aber liebevoll in Erinnerung habe. Dann treffen sich unsere Gesichter im angelaufenen Spiegel und ich habe noch Schaum am Ohr vom Haarewaschen. Damit beschrieben wir die abschließende, scheinbare Ereignislosigkeit des schon vergangenen Tages: kein Sturm im Kopf, nur Schaum im Ohr.

# 3. Kapitel

## *Das Telefon klingelt nicht oder der Fluch des Vierteltelefons*

Wenn bei uns das Telefon klingelte, konnte dies alles bedeuten, meist aber roch es nach Action, irgendetwas passiert, dachten wir in unserem, für uns Mädchen, völlig ereignislosen, aber hungrigen Leben, noch in völliger Unwissenheit, wie schnell unsere gemeinsame Zeit vergehen würde, wieviel Ungeahntes noch geschehen und wieviel Leid wir noch teilen würden müssen, bis jeder für sich erkannt haben würde, dass Golgotha jetzt und hier ist, für uns alle. Und vor allem, wie sehr wir diese Zeit der damals so empfundenen Ereignislosigkeit vermissen würden! Heute würde ich diese Zeitspanne Zufriedenheit und Zuversicht nennen, ohne Hindernisse, ohne Zukunftsangst.

Und aus der Wanduhr tropft die Zeit, in Wirklichkeit ist es ein tropfender Wasserhahn, das fällt mir extrem unangenehm auf, weil mein Vater Installateur ist und ich keine verwunschene Prinzessin bin, sondern eine Gans, ein weißes Vieh mit Federn. Wie weiße Schleier steigt der Rauch meiner viel zu vielen Zigaretten auf. Vor kurzem noch liebte ich es, mit meinen weißlackierten Zehennägeln die schwarze Erde zu durchwühlen, ich meine damit, ich arbeitete im Garten, selten, aber doch! Ich trug elegant den schwarzen Baukübel mit den Erdäpfeln und achtete auf das Weiß meiner Bluse, bis es keinen Sinn mehr hatte, Weiß hatte bei mir nie Sinn und ich war gesamtgesehen keine weiße Gans mehr, sondern eine abgestürzte, dreckige.

Wie dumm muss jemand sein, der zuerst zu viel Wein trinkt, zu viel raucht, zu wenig schläft, sich zu wenig bewegt und dann zur Nervenberuhigung, wenn das Herz schon flattert, zu viel Baldriantropfen trinkt. Der Baldrian stößt widerlich auf, das Licht zu grell, der Kopf leer und der Wasserhahn tropft noch immer. Im Kopf klingelt den ganzen Tag das Telefon, ich warte darauf, dass ich dir sagen kann, dass ich dich liebe. Morgen wird alles ganz anders, den Tag werde ich völlig neu erleben, denke ich und werde gleich, wie ich mich kenne, aufstehen, um eine Zigarette anzuzünden, noch ein Glas Grünen Veltliner trinken und daran denken, wie schön es wäre, wenn jetzt das Telefon klingelte. So, alles erledigt, Zigarette angezündet, Baldrian mit Veltliner runtergespült und ich möchte endlich den tropfenden Wasserhahn zum Schweigen bringen, Baldrian wirkt nicht gegen tropfende Wasserhähne. Ich möchte schlafen, aber nicht alleine, mich nicht schwitzend hin und her wälzen und das alles wächst mir über den Kopf, den blondgelockten, einfach strukturierten, und endlich habe ich vergessen, der wievielte Veltliner und die wievielte Zigarette in mir verdunsten.

Ich war doch nicht immer so, ich war ein Fels in der Brandung! Komm runter, du bist kein Fels, du bist eine dumme kleine Gans, die sich das angesichts des leicht verschwommenen Spiegelbildes eingestehen sollte. So, jetzt sind wir einen Schritt weiter, aber das Telefon klingelt noch immer nicht. Vorgestern, während eines schweren Gewitters sprach ich folgendes Gebet: Lieber Gott, lass das Haus ruhig zusammenrumpeln, aber lass das Leitungsnetz bitte nicht zusammenbrechen! Ich sah mich schlammverklebt, unter Trümmern, am Bauch vorwärts robbend, das klingelnde Telefon abheben und vor der großen Explosion noch einmal in den Hörer seufzen: Leb wohl, leb wohl, kleines weißes Federtier, das trotzdem darauf wartet, dass das Telefon klingelt.

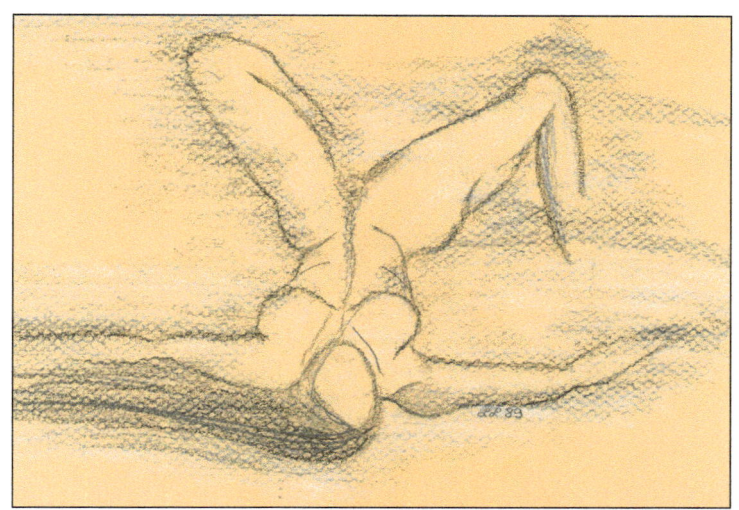

## 4. Kapitel

## *Rauschende Nächte oder auf der Suche nach?*

Zeitweise, wenn so mit Erlebnissen tief verknüpfte Gerüche plötzlich um mich auftauchen, da ziehen wie herbeigehext die fast verwischten, verschwommenen Bilder am Rande des Gesichtsfeldes auf. Meine Schwester zitierte: Naht ihr euch wieder, schwankende Gestalten. Bilder, kombiniert mit Lachen, Rauchgeruch, Musik und viel Alkohol, diese Bilder, Geräusche und Gerüche strahlten aber keine Bedrohung aus. Da stecktest du mittendrin in einer dir gekonnt vorgegaukelten Fülle von Zeit, einem imaginären Zeitloch, so liebevoll eingelullt und momentan erfüllt, so dass du wünschtest, in dieser Zeitblase gefangen zu bleiben, bis der Wille stärker war, sie freiwillig zu verlassen. Das leichte Rauschen im Ohr, das noch kein Tinnitus war, einfach leicht entrückte Zeitkonsumation ohne Hintergedanken oder überhaupt Gedanken, ich dachte niemals daran, alles könnte eines Tages oder Nachts verschwunden sein, wie Momos rauchende graue Männer, die Zeitdiebe, die sich auflösten, wenn sie nicht ununterbrochen Rauch ausstießen.

Zu dieser Zeit fand mein Leben nachts statt, dem Tag war die Arbeit gewidmet oder der Arbeit der Tag, nachts verschwanden wir oft im Zeitloch eines zweifelhaften Vergnügens und trafen im Nebel immer wieder die schwankenden, lachenden Gestalten und über allem schwebte der Dunst des Vergessens, wie angenehm und liebevoll!

Dieses trügerische Gefühl der Geborgenheit brauchte zu seiner Entfaltung in den folgenden Jahrzehnten immer mehr Stoff, um die gewünschte Wirkung zu erzielen und führte tiefer und tiefer in den Sumpf der Abhängigkeit von diesem kurzen Glück, den Rest der Zeit kämpften Vernunft und Wille gegen die stärker werdenden Symptome der Schwäche und Selbstaufgabe, einem Gefühl der Einsamkeit, Sprachlosigkeit und Schwäche, einer Schwäche, die dir ins Gesicht geschrieben ist und nur du selbst kannst sie nicht sehen und die erst nach dem dritten Glas verschwindet aus dem blinden Spiegel.

Der Fall aus den Wolken war hart und schmerzhaft, die Tage und Nächte von Angstschweiß getränkt und die Kraft überschattet von der Angst vorm Scheitern. Es war so leicht sich daran zu gewöhnen, Probleme mit Alkohol hinunterzuspülen und so unendlich schwer, diese Verhaltensweise wieder zu verlernen. Aber zuletzt siegte der Gedanke, dass ich dieses Leben doch haben wollte und die Einsicht, wie sehr die anfängliche Leichtigkeit sich als tonnenschwere Bürde entwickelte, die mich und mein Wesen tief in den Sumpf zog.

Du musst wieder gehen lernen wie ein Kind und hast die Furcht vorm Fallen eines Erwachsenen in dir. Ich versuche, gerade zu gehen, die riesenhohen Stufen, die in Höhen einer Pyramide führen, erschrecken mich, ich habe Angst, dass mich die Kraft verlässt und versuche eine Banane in mich hinein zu stopfen, habe es mir abgewöhnt zu essen und muss mühsam den Ekel vor Speisen überwinden. Der Wind kühlt mein schweißnasses Gesicht und ich empfinde es als angenehm.

Ich kämpfe um mein Leben wie ein Gnu, das auch nur eine Form von Kuh ist, in meinem Fall ein dummes

Gnu, es kämpft verzweifelt, Löwen haben ihre Zähne in sein Hinterteil geschlagen. Das Gnu war unvorsichtig am Wasserloch, besser am Schnapsfass und versucht, die Löwen abzuschütteln, die schon an seinem Arsch hängen und die Krallen ins Fleisch bohren, und es tut weh. Meine Gartenkathedrale gibt mir Kraft, es schüttet wie aus offenen Schleußen vom Himmel. Ich bete: Lieber Gott, bitte beschütz meine Blumen und sehe im strömenden Regen stehend lächelnd zu, wie der Regen schwächer wird und ich bin glücklich!

# 5. Kapitel

## Kampf mit dem neuen Leben und Schwimmen gegen den Strom

Ganz tief in mir, wenn ich in meiner Stille bin, tut es weh, so weh, dass ich es nicht geschafft habe, besser in mich hinein zu hören. So befinde ich mich jetzt mittendrin in einer Szenerie, die mich kontrolliert, nicht ich sie. Ich als überzeugte Nichthausfrau spiele ein Spiel mit einem Ehemann in einem großen Haus mit Garten und Hund und zwei dem Alter nach erwachsenen Kindern, die den Eindringling schon spüren lassen wollen, dass man aus Vaters Bett vertrieben worden ist und eine untergeordnete Rolle spielt, aber versucht, so gut wie möglich den Part der Ehefrau mit all ihren Pflichten, aber ohne eigene Wünsche zu spielen.

Der Vater, hoch in den Himmel gehoben, mit einem Status wie ein mindestens Halbgott versuchte die Balance zwischen Kindern und junger Nichthausfrau zu finden und stand manchmal ratlos, nicht an meiner Seite, auch nicht verwunderlich, wir hatten das alles nie geübt!

Dich selbst, dein Wesen und deine Tätigkeiten zu übersehen, ist schlimmer als geschlagen werden, besser ein fairer Schlag mitten ins Gesicht als diese Gleichgültigkeit, die durch die Haut deines Wesens dringt und du und deine Arbeit als so selbstverständlich gesehen werden, dass du innerlich verwesend mitten im Inventar hängst und dich keiner sieht oder riecht.

Ich zog mich in Arbeit zurück und brauchte auch des Öfteren den immer vorhandenen Kurvengeist, der scheinbar stärker macht. So viele Jahre lief ich unsichtbar in meinem Hamsterrad und der Anblick ist für alle so selbstverständlich geworden, und ich unterlag dem grausamen Irrtum alles schaffen zu müssen, egal um welchen Preis, ich könnte noch nachträglich für diese Gedanken stundenlang in eine Mauer rennen, bis die Stirn blutet und der Schmerz mich aufweckt, aber etwas zu spät. Das passiert unhörbar und schleichend, dass man für jemanden zur Gewohnheit wird und mit all den Irrgedanken, dass man alles schaffen muss, schließlich sind wir zum Durchhalten erzogen worden, hätte ich bloß weggehört, so trete ich weiter das Hamsterrad und jetzt, nach drei Jahrzehnten, ganz alleine, schon sehr lange und komm aus der Nummer nicht mehr raus.

An der Stelle wollen so manche die Liebe ins Spiel bringen, aber was hat der Zwang zur Selbstaufgabe mit Liebe zu tun? Liebe und Zuneigung und schöne Tage und Stunden miteinander erleichtern sehr viel, doch rechtfertigt die Liebe alles? Ich hab so vieles auf später verschoben, dass ich hundert Jahre alt werden müsste und das will ich ganz bestimmt nicht, um das Verschobene nur zum Teil auf zu holen, doch die Zeit dafür ist weg.

Wut in der Ohnmacht hilft dir manchmal, dein Ich wieder auszugraben, doch sie schaufeln dich immer wieder zu.

Und das Ersäufen von Zorn und Ohnmacht und der Widerstand gegen die Fesseln von Liebe und Pflichtgefühl fächeln mein kleines Flämmchen von Leben und Ich ein kleines bisschen an, mit Pusten muss ich es am Leben halten, das kleine Ich. Den Widerstand gab ich dann auf, in dem Moment, als mein Gegner nicht mehr kampffähig, sondern auf meine Hilfe angewiesen war und ich kämpfe nicht gegen Wehrlose, das habe ich nie getan! Und dann wird das Helfen wichtiger als dein kleines Selbst und heimlich versuche ich, meinen Himmel auf die Erde zu holen, was immer schwerer wird, weil nur mehr das kleine Flämmchen in mir brennt, das, das ich mit Hineinpusten versuche am Leben zu erhalten, dann ist es ein bisschen wärmer in mir, für kurze Zeit.

Du hattest nur in den verschwommenen Stunden Zeit zum Nachdenken, um Widerstand zu üben, kurz deine Fesseln abzuschütteln, doch das hat dich krank und schwach gemacht, aber auch unendlich stark zur Erkenntnis zu gelangen, dein Hirn nicht zu betäuben, sondern einzusetzen, die vergammelten Flügel wieder flugtauglich zu machen. Dann wollte ich mit dir davonfliegen, kleine Schwester, doch du warst schon zu schwach und hast uns Schwestern alleine gelassen, mit unseren Fragen, Vorwürfen und unserer Trauer, ich hoffe, du bist dort, wo es keine Vorwürfe und keine Bewertung mehr gibt, sondern nur mehr Liebe, auch unsere, die dich immer begleitet!

# 6. Kapitel

## Nichtzeit oder
## Ekel vor dem Alltag

Nichtzeit ist die Zeit, die du nur mit Tätigkeiten für andere verbringst, um danach müde und zeitlos zu sein, dass für dich nichts an Zeit mehr übriggeblieben ist. Nichtzeit beansprucht fast den ganzen zur Verfügung stehenden Tag und ist dann verschwunden, du kannst sie nirgends mehr finden, keiner kann sie sehen, sie ist verschwunden und verschwendet.

Nichtzeit ist auch die Zeit, in der du auf etwas wartest, vielleicht darauf, dass dein Telefon klingelt, dass jemand, auf den du wartest vor dir steht, dass etwas Unangenehmes vorüber geht? Die Nichtzeit mit Nichtzeitdingen auszufüllen, den Mistkübel ausleeren, den Geschirrspüler ausräumen, kann die Nichtzeit auch verkürzen, so fühlt sie sich nicht so leer an. Auch das Füllen der Nichtzeit mit Wartegedichten oder Wartebriefen lässt kurz durch die Beschäftigung mit dir im eigenen Kopf die Zeit erfüllter erscheinen.

Langsam wird das Gefühl unheimlich, ich warte auf dich, sehe dein Bild in Großformat im Kopf, kann dein Lächeln auf der Haut fühlen sehe durch die Haut meiner Hand, erwarte dich.

Du gehst, hinterlässt eine Lücke, die nicht mehr zu füllen ist, Panik habe ich vor diesem Gefühl, möchte in kaltes Wasser springen, mich drehen im Meer, bis die Wellen diese Angst aus mir heraus gepeitscht haben. Und als ich mich so missverstanden fühlte, knallte ich das Glas an die Wand, sah die Scherben vor mir und wusste, dass ich mit nackten Füßen darüber gehen kann, ohne zu bluten. Ich tat es auch und es war so wie ich es gedacht hatte. Da sagte jemand in mir: Ich, ich allein werde die Scherben aussuchen, an denen du blutest.

Halt! Der Ausflug in meine Gefühlsvergangenheit tut mir nicht gut, doch ein bisschen fühlen kann ich sie, auch noch nach so vielen Jahren. Mein Wesen ist sicher etwas ruhiger geworden, behaupte ich jetzt einfach so, ich gehe ganz selten über Glasscherben, springe bei Minusgraden nicht mehr in einen See und doch gibt es immer wieder so einen, den man lieber sieht als die anderen und du fragst dich: Wie alt muss man denn werden, um diese sinnlosen, verkorksten, romantischen Gedanken hinter sich zu lassen? Wahrscheinlich erst in der Dose oder Urne. Aber eines weiß ich ganz sicher, warten will ich nicht mehr oder bin ich schon dabei? Rettet mich vor mir selbst!

Da ist und war mir doch meine knallharte Abenteuerlust als Erinnerung lieber, als dies romantische Gesülze. Ohne Gedanken an die Konsequenzen habe ich mir sich bietende Situationen ausgekostet, keine Idee an morgen hab ich verschwendet, das Jetzt so am Schopf gepackt als gäbe es keine Sorgen, und es tut mir immer noch nicht leid! Bilder ziehen an mir vorbei, du und ich, wie wir bekifft bei Sturm in den aufgewühlten Balaton springen, wie ich nachts einen kleinen Strom überquere oder als ich so weit ins Meer schwamm wie Peregrino, sah kein Licht mehr und kehrte um, er nicht, alle Bilder gleichzeitig haben gar keinen Platz im Kopf und noch immer sehe ich kein mangelndes Gefahrenbewusstsein, das ist eben so passiert!

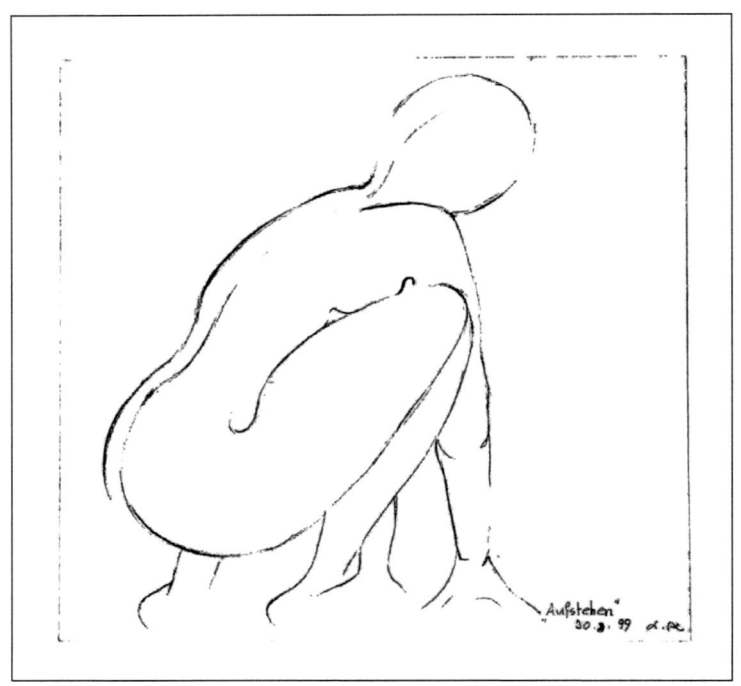

"Aufstehen"
20.3. 99 d.pe

# 7. Kapitel

## Glück oder der holprige Weg zur Genügsamkeit

Das Glück, das ich jetzt als ältere Person sehe, erscheint mir etwas anders als noch vor Jahren. Die Grundstruktur des Glücks ist gleichgeblieben, seine Säulen stehen immer noch fest im Boden: Der Blick auf Tiere und Pflanzen, der zum blauen Himmel und die Sonne auf nackter Haut, und dieses Fühlen macht mich stark und frei und keine Bitterkeit darüber, dass ich vor kurzem vom Dach gefallen bin, dabei zerbrach mein Fersenbein, ich tu, was ich kann mit meinem Gipsbein, und bin trotzdem glücklich, dass ich jetzt hier in der Sonne male und freu mich, dass ich nicht mehr im Krankenhaus bin. Ich freue mich, mich selbst duschen zu können und dass ich es schaffe mit meinem Hintern zwei Stufen des Pools hinab zu rutschen, sodass mich das kalte Wasser umspült und das Gipsbein hochgestreckt trocken bleibt. Zu all diesem Glück habe ich zwei starke Frauen an meiner Seite, die mir geholfen haben, dass ich meinen Hintern ins kalte Wasser setzen kann, all dieses Glück kann ich hervorholen, wenn der Himmel sich wieder vor mir versteckt und ich ihn zu mir herunterholen muss.

Doch diese merkwürdige, verdammte Sehnsucht verschwindet nicht, es wäre doch herrlich, sich mit einem Mann in den Fluten zu drehen und die Wassertropfen von seinem Körper zu küssen und …

Dann ist es wieder da, aus heiterem Himmel: Manchmal schleckt des Teufels Zunge deinen After und anstatt dass du protestierst, hältst du ihn ihm genussverzehrt entgegen. Meine Meereszeit hab ich tief in mir versteckt, doch in solchen Momenten bricht sie hervor wie ein Quell von wilden Wortbildern: Kennst du das Gefühl von Hunger im ganzen Körper, wenn ein einziges Gesicht in der Seele tanzt wie ein stürmisches schwarzes Pferd, spielt mit deinen Gedanken, lässt dich im Regen tanzen wie verrückte Kinder, ich schwimme mit dir, mein Schöner, im Meer und alle Angst ist verschwunden, wir kennen das Schloss am Meeresgrund und wir könnten fallen in den Garten der jüngsten Prinzessin, in ihren Garten in Form einer Sonnenscheibe, und du beneidest sie, weil sie für einen Wellenschaumtraum alles gegeben hat und du kannst es nicht.

Schon so lange her und doch halten meine Gedanken ein Bild fest, deine bernsteingoldenen Augen, das schwarze Haar zerfetzt vom Wind wie die Mähne eines Friesen und dahinter glitzert das silberne Schloss am Meeresgrund, dort, wo das Meer am tiefsten und klarsten ist.

## 8. Kapitel

### *Da passiert etwas oder was passiert?*

Haut geschnuppert, in dunkle Augen geblickt, zu lange? Einen Körper gespürt und dieses schöne Sich fallen lassen und schon ist alles anders, altes Reptil! Darf ich dich bitte an deine Worte erinnern, nie mehr warten, nie mehr Sehnsucht?

ZU spät, alles ist da wie vor tausend Jahren, als du aus deiner Kinderhöhle tratst und unter den vielen Andersartigen einer war, den du ansahst und er deinen Blick erwiderte; und da war das uralte unausgesprochene Versprechen, wir wollen uns ganz nahe kommen. Wir haben zwar keinen Raum in unserem zufälligen Zeitloch, kein Nest und keine Ruhe, um den anderen auszukosten, aber glaub mir, ich finde dieses Treibsandloch, in dem man langsamer versinkt und in dem vor dem Ersticken noch etwas Zeit bleibt, sich zu spüren. Deine Wünsche sind uralt, so wie damals als du liebtest und begehrtest. Lass die Zeit ohne dich schneller vergehen, lass mich ruhig bleiben und besonnen, wozu? Gestern, in der Werwolfnacht, eine Nacht ohne Mond, ohne einen Funken Licht, nur dich fühlend, weder sehend noch hörend, gib mir noch ein letztes Lächeln, der große Hunger wird mich später töten. Etwas weniger dramatisch, meine Liebe!

Damals, die ersten Schritte vor der Kinderhöhle war es nicht anders als jetzt. Alles war zu wenig, zu wenig gespürt, zu wenig gekostet, zu wenig umschlungen, zu wenig von allem.

Was sagte meine kleine Schwester zu meinem Gefühlsdestaster? Willkommen im Leben!

Und wie immer, wenn ich nicht klar im Kopf bin, war ich das jemals, verfolge ich meine Spuren im Rückwärtsgang, gehe Schritt für Schritt zurück in der Zeit, bis ich auf Wiedererkennen stoße und finde dann die Parallelen, die sich in mir schneiden, fühle und finde uralte Worte in mir: In dieser stummen Atemnot seh ich Gesichter, Bilder, Straßen, Augen, rieche deinen Duft, fühle Berührungen, doch fehlt mein Kinderlachen auf diesem Karussell, niemand zwang mich aufzusteigen, bin aber magisch angezogen wie alle Kinder von diesem berauschenden Rundherum, aufgesessen auf dieses schwarze Zirkuspferd mit den roten Zügeln und Genuss und Lust bei diesem Auf und Ab und sich gleichzeitig wünschen, dass es stehenbleibt und Mut finden wollen, abzuspringen und sich dieser süßen Mischung aus Angst und Lust hinzugeben und alles hinunter zu schlucken, das Bittere genauso wie das Süße, denn wir wissen, dass Medizin bitter schmeckt und Süßes schlecht für die Zähne ist und müssen beides immer wieder probieren, das Bittere als Medizin und das Süße zur Lust.

Die Nacht ist jung und der Wein alt, komm vergiss alles, die Zeit halten wir ganz kurz an, fest halten wir die Zeiger dieser erbarmungslosen Uhr und verschwenden sie aneinander wie Federn, ganz leichte, den Pölstern bei einer Polsterschlacht entschlüpft.

Und gerade eben bin ich dabei, mich einzuholen beim Rückwärtsgehen und denke ganz kurz an mein äußeres Alter, innen sieht es besser aus.

Versteck dich nur in der untersten Schublade, ich finde dich trotzdem, weil ich alles durchwühle und dann überrasche ich mich selbst auf der Suche nach dem Finden, ich rieche wieder wie ein Blinder die ersten Spuren im Schnee.

Komme wieder auf den Boden, nein, klatsche hart mit dem Hintern auf und sage zu mir, sei doch ein bisschen zufrieden mit dem, was du hast, und warte nicht auf den Blick, mit dem er dich ansieht; bist aufgeregt wie eine Volksschülerin, die nach der Pause auf den Ersehnten wartet, vor der Klotür, ausgemacht ohne Worte, nur mit Gedankenübertragung verabredet.

Dieses Warten ist anstrengend, bin es nicht mehr gewohnt, hab schon so viel in mir verschüttet, ich zucke zusammen, als eine Krähe zu mir spricht, meine Nerven sind auch nicht mehr das, was sie mal waren; der Kleine vor dem Mädchenklo hieß übrigens Karli, wo es ihn wohl hingetrieben hat?

Und all die anderen Begegnungen am Wegesrand oder auf Abwegen, was ist aus ihnen geworden? Ich müsste mich jetzt sehr anstrengen, um eine zeitliche Ordnung in meine Wanderung mit den damit verbundenen Wegweisern in Form von Menschen zu bringen, es wird mir schon gelingen, wenn ich es will, hoffe ich.

Ich muss zu viel an dich denken, deswegen fällt mir alles so schwer und leicht gleichzeitig, habe mir schon lange keine Berührungsbilder mit viel Haut vorgestellt, aber ich sitze in einem Kino und schau dich an!

Gerade so mitten im Erinnern, stellt sich mir die Frage, wen ich eigentlich nie vergessen wollte oder gar kann; meinen Arthur mit den honigfarbenen Augen und dem süßesten Lächeln unter dem Anflug des Wachstums eines

Bärtchens und den ersten zart hingehauchten Kuss, unvergesslich! Er versuchte mir in Mathematik zu helfen, aber meine Konzentration war zu dieser Zeit, was Mathematik anbelangt, auf einem absoluten Nullpunkt. Entweder war es zu früh für Pythagoras oder einfach nicht die kritische Phase für ihn und mich, ich meine für Pythagoras und mich, für Arthur war die Zeit genau richtig, vielleicht hat sich auch Arthur zu wenig darauf konzentriert, mir den großen Mathematiker näher zu bringen, zumindest träumten wir, den Blick ineinander versenkt, nicht von Pythagoras.

So viele Erinnerungen drängen sich mir auf, Erinnerungen, die ich eben grade jetzt nicht haben will, finde kaum einen Ausweg aus dieser Sackgasse und muss, um mich zu retten, in ein anderes Zeitloch schlüpfen.

Langsam wird mir kotzübel vom Rauchen, weil ich noch immer auf dich warte, was ich nie wieder tun wollte, und das Herz klopft so laut wie damals nach der Pause vor dem Mädchenklo. Ob meine alten Nerven das alles aushalten? Ich bin des Wartens schon so ungeübt, habe es lange Jahre nicht gebraucht und daher auch nicht geübt, würde auch nichts bringen sich hinzusetzen und zu sagen, übe jetzt Warten, weil ich gerade Zeit dazu habe.

Die Übelkeit wird stärker, nur noch ein bisschen Zeit, dann werde ich wissen, ob du dich auch freust mich zu sehen, mir fehlen die Worte, um zu formulieren, wie stark meine Nerven in Mitleidenschaft gezogen sind und merke, dass ich formulieren mit v geschrieben habe, besser könnte ich mein Nervenpaket auch nicht beschreiben als formulieren mit v. Schlechter kann mir nicht mehr werden, hoffe ich. So eine schreckliche Nervenanspannung stelle ich mir in einem Schützengraben vor, den Finger am Abzug und als Übersprungshandlung mitten in der Bewegung einschlafen. Die lange Wartezeit oder Warteübung lohnte nicht, du sagtest ab. Ich fange mich mit gut gespielter Überlegenheit selbst am Hochseil ab und zerbreche in der Entspannung in lauter kleine Einzelteile.

# 9. Kapitel

## Neue Wege oder auf Abwegen

Dir wollte ich eigentlich kein Kapitel widmen, wäre aber unfair, der interessanten Zeiten wegen, und vor allem des nachhaltigen Lernprozesses wegen, Lernprozess, wie fehlinterpretiert, gelernt habe ich aus Fehlern nichts oder sehr spät, eigentlich haben mich eher die Folgen von Fehlern derartig in die Knie gezwungen, dass an eine Fortführung des Fehlers gar nicht zu denken gewesen wäre.

Die Zeit mit dir war neu, auch geprägt von Herzweh, Vermissen und viel Alkohol. Da erhebt sich die Frage, warum braucht man für manche Männer so viel Alkohol? Für den Selbstbetrug, für das Ego, für das Gefühl, sonst aufzuwachen und ganz tief zu fallen? Eine Antwort will ich mir gar nicht geben, ist vorbei. Jedenfalls habe ich deine Exotik geschlürft und den Blick aus deinen schrägen Augen sehr geliebt, diese Zeilen hab ich für dich geschrieben, am 3.3.1988:

*Jetzt bloß nicht lachen oder Erotik ist flüchtig wie ein zarter Vogel*
*Ich streichle zart über deine Wangen, beiße ganz leicht, weil ich weiß, wie wehleidig du bist, in deine Unterlippe, öffne erfahren mit der einen Hand dein Hemd, mit der zweiten die Gürtelschnalle; erster und zweiter Versuch scheitern. Mit männlich überlegenem Blick löst du dieses*

*Problem spielend, freiwillig übernimmst du den weiteren Verlauf und ich bewundere deine schöne Kleiderstraße mit einem Blick über deine Schulter. Während ich dich so abgrundtief bewundere, marschieren wir Nase an Nase, die Jeans in Kniekehlenhöhe, in Richtung des Schlafzimmers, sehr zielsicher, sehr konzentriert.*

Die Versuche meinerseits mit dem Einmaleins im Kopf, um mein Grinsen zu verbergen, geben meinem Gesicht einen entspannt erotischen Ausdruck, glaube ich, bemerke aber, als wir den Spiegel passieren, leicht dämliche Züge. Du bemerkst es nicht, weil du dich sehr darauf konzentrierst, meine Nasenspitze nicht zu verlieren. Ich habe das Unheil in Form deiner neuen Schweinsledernen schon gesehen, die schlecht geparkt in den Windungen der Telefonschnur stehen, die Schönwetterschuhe, die keinen Wassertropfen abkriegen dürfen, verborgen in ungefähr zwanzig Metern Telefonschnur, das Geilste, was es zu dieser Zeit gab, um mit dem Tastentelefon meterweit in der Wohnung umherschlendern zu können. Ich überlege ganz kurz, ob ich diesen feierlichen Augenblick mit profanem Gemecker über Herumliegendes entweihen soll, bin mittlerweile schon beim Einmalfünf, als ich mich an deinen vorwurfsvollen Blick auf sechs mit Kleidungsstücken behängten Esssesseln erinnere, mit der trockenen Aussage: Morgen muss einer von uns seine Kleider in den Schrank hängen. Ich kann gerade noch denken: Lieber Gott, jetzt bloß nicht lachen, als du auch schon über die Schweinsledernen stolperst und mit einem Anflug von berechtigtem Ärger, da hebt sich leicht die linke Braue, endlich mit mir lachend dem davonfliegenden zarten Vogel nachsiehst.

Und ich? War plötzlich leer, zu viel gewartet und hart angekommen in der Gegenwart, ich wollte wohl glauben, dass es auf lange Zeit so weiter geht. Warum hast du mich aus meinem Dornröschenschlaf aufgeweckt? Ich hab so schön von früher geträumt und war zufrieden mit dem, was ich an Freuden hatte. Alles war so viel einfacher und durch die Gewohnheit leichter zu ertragen, viel leichter als dein Bild im Kopf zu suchen, das nah ist und doch so weit weg! Verlieben wollt ich mich nicht, aber es ist für mich anscheinend unmöglich, einen Körper zu begehren ohne verliebt zu sein. Verliebt mit all seinen bösen Erscheinungsformen, die aus dem großen Fass der Unerfüllbarkeit, dem Fass ohne Boden, in das alles hineinfließt, Trauer, Schmerz und ganz viele unbeantwortete Fragen, deine Energie, mit der du mühsam haushältst, dein Lachen, deine Freude, alles rinnt aus dir hinaus, in dieses Fass ohne Boden.

Die konstruierte Zufriedenheit und Leichtigkeit des Seins, all das zerrann in diesem Moment, als sich die Tür schloss zur Anderswelt, in der du schön, leicht, begehrt und frei bist und auf Flügeln getragen wirst, und der Fall aus den Wolken war hart. Muss mich nach dem verheerenden Sturz aus den Trümmern graben, die mein Aufprall verursacht hat, wische Erde und Schlamm vom Gesicht, entferne Pflanzliches aus den Haaren und vom Gewand und versuche mich seelisch hinkend wieder auf den Weg zu machen. Wohin, altes Gnu?

Du bist ohne Erklärungen aus meinem Leben verschwunden und das Unerklärte ist ein bisschen viel für mich. Im Moment bin ich froh, dass der Alltag mit seiner Nichtzeit mich vorwärtstreibt, und er kommt mir mit seinen so verhassten Fixpunkten gar nicht mehr so grausam vor.

# 10. Kapitel

## *Meine Frauen oder die Rudelbildung Gleichgesinnter*

Eine Frau ist einsam und sehr eingeschränkt, wenn sie keine Frauen um sich hat, Frauen, die dich ergänzen, bestärken, aufmuntern, mitreißen oder einfach zur Bestätigung deines Wesens beitragen, aber ohne Falschaussagen über deine Person, also nicht deine Verhaltensweisen beschönigen, sondern die Akzeptanz deinerseits, um über Kritik wenigstens nachzudenken, auch wenn es nicht so angenehm ist.

Gott sei Dank bin ich mit einigen sehr wertvollen und liebenswerten Frauen verknüpft, vor allem bin ich auch dankbar für meine Schwestern, von denen eine nicht mehr bei uns, aber täglich allgegenwärtig ist und viele Verknüpfungen immer wieder zu ihr führen. Wir könnten unterschiedlicher nicht sein, doch in jeder steckt ein Teil des anderen. Früher dachte ich immer, sie sind etwas seltsam, aber sie sind nur manchmal in Bezug auf verschiedene Herausforderungen anders in ihren Reaktionen, Reaktionen, die nachhaltig bis zur Gegenwart unser Leben beeinflussen, die man Schicksal nennt, ich nenne sie manchmal Fehlentscheidungen mit langen Nachwirkungen.

Während die Jüngste immer zielstrebig auf etwas zusteuerte, versuchte ich zumindest das eine gegen das andere abzuwägen und wählte öfter den bequemeren Weg, was aber nicht minder zu einer Fehlentscheidung führte, irgendwie hat das Nachdenken über etwas, das zu ent-scheiden ist, überhaupt keinen Sinn. Es stellt sich immer wieder, gemeinerweise immer im Nachhinein heraus, dass der eingeschlagene Weg der falscheste von allen an-gebotenen Varianten war und mit dem Wissen kannst du auch nichts mehr anfangen. Wenn sich im Endeffekt so ziemlich jede Entscheidung als nicht gut, weniger gut oder völlig falsch herausstellt, ist es eigentlich so etwas von uninteressant etwas zu planen oder großartig über alles nach zu denken, Hauptsache es hat Spaß gemacht! Und wenn man noch so geartet ist wie ich, zu ver-suchen, auf der sicheren Seite zu bleiben, dann ist es erst recht verkehrt. Das Bestreben, den sicheren Hafen im-mer im Auge zu behalten, wird mich wahrscheinlich wei-ter hemmen, zu weit vom Ufer weg zu schwimmen, was ich schade finde und dann noch die dämliche Moral, die dir im Nacken hockt wie ein Albdruck, du versuchst sie immer wieder abzuschütteln, doch es gelingt dir schwer bis gar nicht, die Fesseln deines Wesens und deiner Er-ziehung abzustreifen. Was für ein Hohn, zu behaupten, dass wir Wesen mit einem eigenständigen Handeln sind!

Am ehesten hat die Schwester, die uns verlassen hat, alle Konventionen abgeworfen, doch gut ausgegangen ist es für sie auch nicht, hat auch viel Leid und Entbehrun-gen erlebt und zum Schluss alles verloren, letztendlich ihr Leben, aber war es das, was sie wollte?

Was ist schon ein guter Ausgang für ein Leben, es en-det zweifellos immer tödlich, manche jagen einem zwei-felhaften Erfolg hinterher, sind mit Zahlen und Gewin-nen beschäftigt, manche reichern Wissen an, um dieses in höherem Alter wieder zu verlieren. Die, die Güter ange-sammelt haben, müssen es im Alter auch wieder aufgeben, weil sie sie nicht mehr eigenständig bewirtschaften können, wie man sämtliche Handlungen dreht und wendet, sie sind mehr oder weniger sinnlos, was bleibt ist die Erinnerung an schöne Tage und meistens nicht einmal das! Das Wesen der Macht des Augenblicks ist auch nur der, dass er unwiederbringlich vorüber geht, was soll Mensch dann tun? Wir sind alle auf Erden, um mehr oder weniger unsere Bedürfnisse zu befriedigen, einer mit viel Gütern, der andere mit seinem Helfersyndrom, alles, was man tut ist so vergänglich und austauschbar, dass die Sinnhaftigkeit deiner Existenz schwer zu rechtfertigen ist. Schade!

Der Mensch ist und bleibt solange interessant, als er benützbarer Speicher für die Besonderheit ist, die ihn für einen oder mehrere andere wertvoll macht, ist dieser Speicher leer, ist auch sein Wert vorbei. Die Besonderheit des Menschen aber, die Erinnerung an diesen Speicher in seine Betrachtungsweise einfließen lassen kann, hält einen länger am Leben, auch wenn der Speicherplatz immer mehr geleert wird. In Wien am Theater sagt man, man gibt den guten alten Schauspielern den Applaus, den sie in früheren Jahren für die Leistung bekommen hätten, als sie noch echt gut waren. Das wäre für unsere Bühnen, auf denen wir uns täglich bewegen, auch eine nette Geste!

Jetzt bin ich gewaltig von der Thematik abgedriftet, wollte ich eigentlich nicht. Zurück zu meinen Frauen: Sie alle haben eines gemeinsam; sie riechen gut oder sogar besonders gut, wie habe ich Armani an meiner Schwester geliebt! Noch etwas ist ihnen allen gegeben, ein schwarzer, fast böser Humor, der uns so oft in seiner Übertreibung lachen lässt, als gäbe es kein Aufhören. Wir alle, die wir gefangen sind mit unseren Fehlentscheidungen, brauchen diesen unbezahlbaren Galgenhumor, um den Alltag zu überstehen. Übrigens haben wir auch alle die Fähigkeit zu Höhenflügen gemeinsam und den ungezähmten Blick eines freien Tieres, von außen betrachtet wirken wir mehr oder weniger „normal", ich wahrscheinlich weniger, was schon der Hang zu nicht alltäglicher, bunter Kleidung vermuten lässt. Wir schaffen es, uns gegenseitig die besten Tipps zu geben, es gibt fast kein Thema, zu dem wir nicht einen Expertenrat abgeben können, einzig meine jüngste Schwester, die schon zweimal geschieden ist, betrachtet sich selbst nicht als Expertin für Eheangelegenheiten, mit breitestem Grinsen natürlich.

Keine von uns will ein Heimchen am Herd sein, absolut undenkbar, trotzdem mussten wir immer Kompromisse schließen, denn unsere veralteten und hilfebedürftigen Exemplare von Ehemännern sind schon lange nicht mehr in der Lage, uns effektiv zur Hand und sonst noch wohin zu gehen, was wieder aus einer Fehlentscheidung resultiert, einen um zwanzig Jahre älteren Mann zu ehelichen, kein Vorausdenken, keine Zukunftsvision war eindeutig genug, um das jetzt eingetretene Szenario zu verhindern. Und immer wieder tappt man als Frau in die Falle, die uns die Patriarchen rund um uns aufgebaut haben, böse, dumme Fallen, aber mit der Verlockung von Lob und Zustimmung, so fies und effektvoll platziert, dass nur besonders Aufmerksame unserer Spezies nicht hineintappen. Immer wieder erwischt man sich selbst, jemanden verwöhnen zu wollen, früher meine ich, jetzt nicht mehr, aber schon zu spät, um die Heimchentätigkeiten auf jemanden anderen abzuwälzen, keine Chance mehr, das Stigma der Allumsorgenden loszuwerden. Bis zur Verehelichung war ich rein und blank von jedem Kochrezept und dem richtigen Gebrauch von den verschiedenen Putzmitteln, ebenso wie der Handhabung von Rechen und Besen. Dann leider beginnt man im gemeinsamen Haushalt sparsam zu denken und schon hat man den Stempel aufgedrückt, am Hirn, auf dem dann Trottel für alles steht. Einmal so gestempelt, ist fast jeder Versuch, ihn wieder abzuwischen, erfolglos. Da könnte nur die Flucht helfen, doch die Netze, die dich fesseln, sind schon eng zu gezogen, überdeckt vom Mäntelchen der Liebe, die sich auch meist als Abhängigkeit und Gewohnheit herauskristallisiert, gut, fast perfekt getarnt, nur, wenn im Laufe deines Lebens die Tünche abbröckelt, siehst du das echte Bild, ähnlich dem des Dorian Grey.

In Wirklichkeit wurde den Männern unseres Jahrhunderts suggeriert, dass jedem dieser von Mama verhunzten Exemplare, das Recht auf eine persönliche Betreuung in Form einer allsorgenden Ehefrau zusteht, das gleich mit dem ersten Blick auf den Penis des Exemplars erteilt, ist männlich, braucht eine Frau, die alles für den Kostbaren tut wie Mami! Genau das wollten wir alle nicht und uns alle hat es eingeholt.

Zwar konnten meine Frauen zum Teil diese Bürde abschütteln, aber wenn sie ganz weich und weiblich denken, fehlt ihnen ein Partner zum Anlehnen, das ist er zuerst, dann bald ist er zu versorgen und du lehnst am Türstock zum Ausrasten von der Arbeit. Wenn ich all meine Energie in mich investiert hätte, hätte ich mit meinen Fingern wahrscheinlich eine Kathedrale geformt oder auch nicht. Stattdessen all die Kraft in vergänglichen Unsinn, der uns so viel Freude macht, hineingepulvert, in das Haus, in den Garten, der mir gar nicht gehört, auch ein Hohn, nicht nur die Investitionen meinerseits. Aber was gehört einem eigentlich? Dein langsam versiegender Geist, deine Gedanken, deine Erinnerungen? Ein bisschen noch.

Also, so hat sich keine von uns Frauen ihr Leben vorgestellt, außer die, die Kinder haben meinen, das wäre das Beste in ihrem Leben und wahrscheinlich haben sie recht. Der Ruf der weiblichen Bestimmung, ich kotz gleich. Mir fällt im Augenblick auch nichts ein, wann ich die Kurve kratzen hätte können, wahrscheinlich als ich nach Afrika gehen wollte, doch ein Liebender oder zu Versorgender hinderte mich daran. Und ich wollte ihm glauben und wollte mich scheinbar behindern lassen, dabei bot sich mir mein schönster Traum am Silbertablett: mit Tieren in einem Land zu leben, das mich fasziniert!

Wir sind die besten in Beziehungsberatung, wir glänzen praktisch in dieser Thematik, sind abwertend den Herdschwalben gegenüber, um dann selbst heimlich Kuchen vorzubereiten, uns anschmiegsam und duftend zu erhalten und ganz tief in Inneren darauf zu warten, dass er kommt.

Ich beobachte mich selbst, wie ich glitschig eingecremt Kuchen herrichte und komme mir mir gegenüber gar nicht vor wie ein Verräter, erst dann, wenn mich jemand dabei ertappt, ich hänge schon mit einem Fuß im Fangeisen und humple weiter, mit dem Kuchen, uns ist wahrlich nicht zu helfen, das alles scheint tiefer zu sitzen als eine Generation es schaffen könnte, die Fesseln abzustreifen. Wir Frauen haben auch immer den Text von der einzigartigen Ausnahme auf Lager, kann jederzeit und sofort abgespult werden, bla, bla.

Aber er tut gut, der kleine Selbstbetrug, jeder von uns und immer wieder. Dann wird die nächste Spule abgespult, es wäre ja nur für das eigene Ego, Genuss auf Zeit, so ganz ohne die folgenschweren Begleiterscheinungen wie Warten, Gurren und Kuchen herrichten, eben beinhart und höchst professionell. Wenn wir dann ganz klein und ehrlich zu uns selbst und zu unseren Frauen sind, dann hört man es laut, auch wenn es nie gesagt wird, das Verlangen nach dem Gefühl, von dem man sich wünscht, es möge ewig dauern!

Bin jetzt enttäuscht, du wusstest, dass ich auf dich warte und mich gefreut hätte, dich zu sehen. Hab ich mich zu weit hervorgewagt aus meinem Schneckenhaus? Dich erschreckt? Aber ohne zu sprechen kann man sich nicht verständigen, aber wahrscheinlich wolltest du nichts wissen, von mir. Ich habe gar nicht gewusst, wie verletzlich ich noch bin, nach all den Jahren ohne körperliche Nähe, ohne die Freude an Berührungen und dem Gefühl, angesehen zu werden, wie eine Frau.

Im Moment fällt es mir schwer, die tiefe Wunde in mir zu schließen, ich lass sie klaffen und hoffe, sie schließt sich von selbst; ich schaue meinen Blutstropfen zu wie sie auf dem heißen Stein verdunsten und vertrocknen, nach dem nächsten Regen sind alle Spuren verwischt. Doch ich glaube schon, dass auch kleine Enttäuschungen von heute die Handlungen von morgen bestimmen und beeinflussen, so frei bin ich nicht mehr, als ich mich mit dir fühlte, das Gefühlskorsett ist enger geschnallt, die Haare zurück geworfen, der Vorsicht geboten Blick aufgesetzt, gepaart mit den Verkühl – dich – nicht an mir Gesten, trotz allem sollst du mich nicht belächeln. Kehr ich dann zurück in mein Schneckenhaus, doch die Füße der Unvorsichtigen zertreten mich trotzdem.

Spüre meine uralten Worte: Ich will bluten, ich will leiden, will vergessen, dich nicht halten, in meinen Armen, wo du blutest, will ich gar nicht, schon gar nicht leiden, trotzdem überfallen mich tief empfundene eigene Bilder, ganz von alleine: Mit meinen Nägeln will ich bis sie bluten, dies in deine Wände kratzen, nie wieder will ich's tun, du trittst der andern Stolz mit deiner Füße Gleichmut und wenn dein einst geliebtes Auge mich um Liebe fleht, zertret ich lachend deiner Augen Furchen.

Aber alles ist ganz anders gekommen, dich gesehen, dich berührt und gekostet, nein geschlürft und bin dabei willenlos überfahren worden, von einem Zug, unter den ich mich selbst bereitwillig geworfen habe und es tut mir nicht leid!

Ich will mir aber nichts verderben lassen, ich will brennen und, wenn es sein muss, auch warten. Bin ruhigerem Herzen, habe schon warten gelernt in den vielen letzten Jahren, aber ich will dich trotzdem fühlen, jetzt, wie ein trotziges Kind. Ich trinke gierig meine Worte, die so viel Sehnsucht ausdrücken und fühle sie am ganzen Körper.

Momentan kann ich mich selbst nicht finden, die Gedanken an dich halten mich so fest am Boden, dass ich versuche, in ein anderes Zeitloch zu entfliehen.

## 11. Kapitel

## *Kindsein oder der Versuch mit Amnesie zu idealisieren*

Der, der beruflich nicht mit Kindern zu tun hat oder hatte und selbst schon Vieles vergessen hat und das noch Behaltene stark idealisiert, neigt dazu, Kindheit mit unendlicher Freiheit, mit Glück und empfangener oder nicht empfangener Liebe gleich zu setzen. Im Rückblick als Erwachsene glorifizieren wir die Zeit und sie erscheint unbeschwert und glücklich im Vergleich zu den Sorgen von Erwachsenen. Das Beste am Kindsein ist aber, dass die Jugend vor dir liegt wie ein großer unerforschter Garten oder Dschungel. Du siehst die Verheißungen in den Älteren, die du kennst und möchtest auch dazu gehören, zu denen, die in dem geheimen Garten schon spielen dürfen. Als Kind fühlte ich mich manchmal von strafenden Göttern und Göttinnen umgeben, jeder und jede von ihnen hielt ein anderes Verbotsschild in seinen Händen und wachtelte damit vor mir, uns, herum. (Wachteln ist der kärntnerische Ausdruck für vor einem Umherschwenken, damit man es ja immer sieht und nicht vergisst). So konnte ich wie viele andere auch meine Kindheit nur überleben, indem ich die Strafenden bestmöglich ignorierte und dadurch die Chance hatte, in meinem eigenen Universum zu leben. Das hatte natürlich auch immer irgendwelche Konsequenzen, die man überstehen musste, und Überlegungen das nächste Mal bei der Planung besser vorzugehen und sich mehrere Fluchtwege offen zu halten.

Wenn meine Schwestern von schrecklichen Ereignissen aus der Kindheit erzählen, dann frag ich mich immer wieder: „Wo zur Hölle war ich da"? Gedanklich wieder ganz anderswo unterwegs? Oder erschien jedem von uns etwas anderes als schrecklich? Eigentlich fühlte ich mich großteils wohl, sonst wäre mir mehr Erschreckendes im Gedächtnis geblieben. Das größte Grauen verursachte bei uns Kindern das frühe Schlafengehen. Während noch die Sommersonne schien und draußen noch der Himmel auf Erden hätte sein können, lagen wir täglich um achtzehn Uhr im Bett, gefesselt all der Tatendrang und alle Möglichkeiten noch etwas zu erleben dahin! Wenn wir aus dem Weg geräumt waren, meinte die Mutter, dann könne sie erst alle Tätigkeiten verrichten, wobei sie uns nicht brauchen konnte, das verstand ich erst Jahrzehnte später. Wahrscheinlich hatte sie aber auch schon genug von uns Dreien, die Jüngste kam erst Jahre später zu uns. So erfand ich mein erstes Programm, eine Fortsetzungsgeschichte, die TTT hieß und von einer schrecklich ordinären Familie erzählte, die Dialoge und Ausführungen gespickt mit verbotenen, unflätigen Fäkalausdrücken, die man sonst nicht in den Mund zu nehmen wagte. Jedenfalls retteten diese Folgen unser allabendliches, unfreiwilliges Zu Bett gehen, ja, man kann sogar sagen, wir hatten viel Spaß dabei. Der Tag, an dem wir zu alt geworden sind, um uns so früh ins Bett zuschicken, den Tag erwarteten wir mit Sehnsucht. Jahrzehnte lang waren wir danach nicht mehr müde, wir waren ausgeschlafen!

An eine Dummheit mit Folgen erinnere ich mich ganz deutlich, meinen Berechnungen nach war ich vier. Zu Weihnachten standen für uns Puppenwägen aus Korb geflochten bereit. Mutti hatte höchstwahrscheinlich nächtelang an der Ausstattung genäht und das Erste, was ich leider tat, war mich in den Puppenwagen hinein zu setzen. Der krachte sofort zusammen und meine Augen waren tränenblind vor Überraschung und Schmerz darüber, was ich getan hatte, war aber leider nicht mehr rückgängig zu machen und zu meinem Schmerz, dass ich mein Geschenk zerstört hatte, kam die grässliche Aussage, jetzt müsste ich eben mit dem kaputten Puppenwagen leben. Im Frühling nach diesem Weihnachtsfest fuhren meine älteste Schwester und ich mit unseren Puppenwägen den Weg entlang bis zur Genossenschaft, wo das Getreide so wunderbar roch und die Milch für mich so stank. Die große Schwester fuhr stolz mit ihrem heil gebliebenen Wagen und ich zog, wieder die Augen tränenschwer, so dass ich den Weg kaum sehen konnte, das kaputte Ding hinter mir her, den Bügel zum Schieben gab es ja nicht mehr, hatte ich durch die Fehleinschätzung meines Gewichts zerstört, und diese Tatsache, dass ich jetzt ewig mit dem Wagen fahren sollte, der mich pausenlos an meine Dummheit erinnerte, verursachte echte Schmerzen im Hals, daran erinnere ich mich immer, dass der Schmerz zuerst im Hals unsäglich weh tut. Und es gab keinen anderen Gedanken, nicht, dass ich ja älter werden und keinen Puppenwagen mehr fahren würde, nicht, dass keiner sieht, wie kaputt mein Puppenwagen ist, nichts anderes als Schmerz im Hals. Nie wieder hab ich ihn vom Dachboden geholt, zu sehr schämte ich mich für meine impulsive Dummheit.

Auch sehr jung, noch vor der Volksschule, schickte der Vater mich in den Keller, um ein Bier zu holen. Oh, Schreck, jetzt ja keine Feigheit zeigen, nicht vor dem geliebten Vater, die glatten Steinstufen hinunter, bei jedem Schritt wird es kälter, Grabeshauch wehte dort, vorbei an den Erdäpfeln, die in einem dunklen, tiefen Loch auf reiner kalter Erde lagen, für uns das Tor zur Hölle. Als ich schaudernd bei dem schwachen Licht die Bierflasche ergriffen hatte, war es plötzlich finster, ich war wie gelähmt, hielt die Flasche in der Hand und wusste nicht, was ich tun sollte, ich kannte mich hier unten einfach nicht aus. So blieb ich stocksteif stehen und die Sekunden flossen zäh dahin wie Stunden, als endlich die Tür aufging und Mutti mich holte. Sie schimpfte was von boshaftem Kerl, ich war gerettet! Seit dem Moment der Furcht gehe ich in keinen Raum, ohne mir sofort den Raumplan so gut es geht ein zu prägen und mir die Positionen der Lichtschalter zu merken. Vor Erleichterung hab ich auch geweint, aber ich war nicht böse auf den Vater, ich schämte mich nur meiner Tränen. „Ist ja noch klein", schimpfte Mutti weiter und ich beschloss daran zu arbeiten, das Erdäpfelloch, die Hölle da unten, besser passieren zu lernen.

Etwas später, schon im Schulalter, verursachten wir selbst den Stoff unserer Albträume. Da gab es Samstag vormittags das Programm für den Schichtarbeiter, gerade lief „Das Bildnis des Dorian Gray". Obwohl von Mutter verboten, sahen wir uns mit weit aufgerissenen Augen Dorians Verwandlung an und hatten jahrelang diese Bilder im Kopf. Die jüngere Schwester und ich versuchten uns selbst von dieser Angst zu heilen: Am bloßen Boden liegend erzählte jeweils die andere, im Bett fest eingewickelt liegend derjenigen, die am Boden ohne Decke lag, alle schrecklichen Details der Verwandlung, das versuchten wir zu ertragen, um dann ganz schnell wieder in ein

Bett zu springen, in dem die andere schon wartete und dann ganz eng aneinandergepresst, ein zu schlafen. Mehr oder weniger gelang dieser Selbstheilungsversuch erst in späteren Jahren.

Die Volksschulzeit war sehr schön für mich, nur die Regentage, an denen es in der Garderobe nach nassen Gummistiefeln stank, die mochte ich nicht, fürchtete ich auch, der Geruch könnte an mir haften bleiben. Sonst war ich meist zufrieden, mit uns, mit unseren Spielen, mit der Möglichkeit immer draußen sein zu können, und unserem Zimmer als Rückzugsort. Ich zeichnete und malte sehr viel, was ich heute auch noch tue, und ganz lange Zeit interessierte es mich, Gesichter auf einem als Leporello gefalteten Papier zu zeichnen, vom Babyalter bis zur Greisin. Unsere Lieblingsbücher waren die Welt von A bis Z und Omis Ärztebücher, die wir jede freie Minute durchforsteten, schon als wir noch im Dorf wohnten. Die farbigen Bilder vom Inneren des Menschen in faltbaren Bildtafeln, den Menschen zum Auseinanderklappen, die herrlichen Haut- und Geschlechtskrankheiten, der russische Haarmensch und der Mann mit den dreißig Kilo Hodensäcken, das alles faszinierte uns. Auch die rachitische Knochenverformung, Wasserköpfe und andere interessante Krankheiten zogen uns magisch an und das Interesse, warum eine Krankheit entsteht, wie sie sich auswirkt und zu welchen Formen sie mutieren kann, das ist bis heute geblieben. Dieses Interesse führte in Kindertagen dazu, dass wir unsere Fundstücke in Vaters Schnaps konservierten, Mäuseembryonen, Fisch- und Schweinsaugen und alles, was man halt so fand. Er dachte jahrelang, wir tränken seinen Schnaps, das machten wir aber erst später. Da geriet ich schon manchmal in seine tückisch platzierten Mausefallen hinter den Schnapsflaschen, selbst gebrannt natürlich, aber mit zunehmender Erfahrung gelang es mir dann ohne mit den Fingern in die Fallen zu tappen.

# 12. Kapitel

## Kampf gegen die Freudlosigkeit oder das Abtöten der Gefühlswelt

Wie war ich doch immer unangenehm berührt, wenn ich Frauen, selten Männer, traf, die offensichtlich erfolglos gegen die Freudlosigkeit in ihrem Leben ankämpften, die einen besser, die anderen weniger gut. Ich dachte, das Ankämpfen dagegen wäre auch zu einem Großteil Eigenverantwortung und Selbstmotivation. Aber die Freudlosigkeit ist ganz plötzlich da, wie aus dem Nichts und sie führt auch nirgendwo hin. Ganz schwarze Gedanken machen sich breit, stülpen sich über die vorhandene Unzufriedenheit und du suchst verzweifelt die Freude, aber sie ist verschwunden, ist außer deiner Sichtweite und verschwunden wegen deiner Sichtweise, verschwunden auf deinem begrenzten, eingeengten Horizont, du stehst in deinem kaukasischen Kreidekreis, aus dem du ganz kurz deine Zehenspitzen hinausgestreckt hast, so dass es niemand bemerkt hat. Auch Spuren von Verachtung beschlichen mich leise, wie dumm von mir, wie man nur so blind und das Schöne im Leben nicht sehen kann. Aber ich habe bemerkt, es ist ein schwerer, täglicher, einsamer Kampf gegen die Freudlosigkeit. Alles, was du versuchst, ist mühsam, alles, was immer gewirkt hat, fruchtet nicht und legt sich wie ein dunkler Schleier auf dein Gemüt und du bist zu kraftlos, um ihn weg zu fetzen.

Und dann frag ich mich irgendwann, ob ich bewusst leiden will, das lehne ich zwar ab, aber es liegt nahe. Dann begeb ich mich auf die Suche nach der Freude, schau in meinen grünen Garten, schon leicht vom Herbst angehaucht, auf den türkisblauen Pool, es ist schön hier, viel zu tun, aber schön, man könnte unter viel schlechteren Umständen traurig sein!

Wer oder was hat mir die Freude gestohlen? Mein Aufgabenbereich ist groß, ich will ihn oft nicht, aber ich kann ihn nirgendwo abgeben. Den Koffer, den schäbigen, voll mit Aufgaben, den nimmt auch keiner mit. Also steht er immer in meiner Nähe und ich muss ihn öffnen, ob ich will oder nicht. Wenn ich daran denke, die nächsten zwanzig Jahre, die über den Daumen gepeilt noch bleiben, für mich, immer wieder den schäbigen Koffer, den niemand haben will, aufmachen zu müssen, wird mir schlecht, so schlecht, dass ich mit geschlossenen Augen meinen Rhizinusbaum vor mir sehe und er lächelt mich an, aber das darf er nicht, noch nicht!

Im Moment sitz ich mit den Unzähligen auf der Wartebank, ab und zu wird einer mit Namen aufgerufen, meist ist es aber still. Alle sehen sich verstohlen von der Seite an, warten und hoffen, dass sie als nächster aufgerufen werden. Wir könnten uns alle zusammentun, um zu gehen oder die verschlossene Tür zu stürmen, mit Gebrüll, kampfbereit. Vielleicht denken sich das auch einige, aber keiner unternimmt etwas, wir warten, alle, ganz still, ich auch. Im Stillen hofft jeder, in den nächsten paar Minuten aufgerufen zu werden.

An diesem Punkt, an dem wir alle dasitzen und warten, empfiehlt es sich, um die Wartezeit zu verkürzen, einfach irgendetwas, das Freude verspricht, an zu peilen, etwas Sinnvolles oder Sinnloses zu tun, weil wir Menschen auch an sinnlosen Dingen und Tätigkeiten Freude haben können, das unterscheidet uns angeblich von den Tieren, von denen ich mich gar nicht unterscheiden möchte, ich schätze ihre Existenz und ihre Lebensart mehr als die der meisten Menschen. Ich glaube es sowieso nicht, denn auch Elstern sammeln glitzernde Dinge, die sie gar nicht essen können, aber sie empfinden Freude daran. Ich glaube so vieles nicht, was Menschen über Tiere denken und sagen, das meiste ist Unsinn.

Und eigentlich versuche ich mich nur von den mich beherrschenden Gedanken zu entfernen. Das ist jetzt eine meiner Strategien, funktioniert ganz gut, muss aber noch besser überarbeitet werden. Denn eigentlich vermisse ich dich, unser Abschied war nicht sehr schön, du versuchtest von Regionen an mir Besitz zu ergreifen, die ich nicht hergeben wollte, danach war es merklich kühler um uns, innen und außen.

Jetzt versuche ich mich abzulenken, und ich bin schon so erfinderisch, dass ich mich heute freuen werde, Marmelade einzukochen, Feigenmarmelade. Ich glaube zumindest, dass es mich freuen wird, aber du bist weiter weg als je zuvor. Von den meisten Dingen, die es gibt, weiß man nichts oder wenig, aber wenn man erst begonnen hat, stellt sich das schon heraus, ist wie mit Gartenarbeit, wenn man das Beginnen geschafft hat, dann kommt auch die Freude. Auch das Gefühl wieder etwas Sinnvolles getan zu haben, schafft einen großen Teil von Zufriedenheit, sinnvoll muss aber wie schon gesagt, nicht unbedingt sein. Das Sinnvolle, zur Ablenkung gedacht, hat oft den penetranten Geruch von Langeweile und Selbstversklavung, das man nimmt, wenn das viel Interessantere, das bunte Sinnlose nirgendwo lockt.

Dabei sind die unzähligen Regale mit wunderbar Sinnlosem so schön gestapelt vor unseren Augen, so hoch aufgetürmt, dass wir oft gar nicht alles überblicken können. Man muss schon manchmal von ganz oben (vom Regal) etwas auf den Kopf bekommen, um dann nach dem Schlag nach oben zu schauen und das Schöne, das scheinbar Sinnlose zu sehen, und wenn du Glück hast, fällt es vor deine Füße. Steig aber nicht aus Versehen darauf, wenn du es nicht gleich erkennst! Wenn du klug bist, hörst du nie auf damit, ständig in den Regalen zu wühlen. Wieder so ein guter Tipp! Leider ist aber wenigen der unfehlbare Blick für Sinnloses gegeben, weil man sich, auch ich, pausenlos mit dem offensichtlich Sinnvollen beschäftigt, worüber man mehrmals am Tage stolpert. Daher müssen wir zuerst lernen mit großen Schritten über das Sinnvolle drüberzusteigen, um zu den Regalen mit den schönen, bunten Dingen zu kommen.

An dieser Stelle bin ich jetzt angelangt, stehe vor dem Regal und weiß noch nicht, was ich nehmen soll. Zu viel zu nehmen ist auch nicht gut. Ich nehme mir Zeit zum Suchen, damit gebe ich mich kurz zufrieden, darf aber nicht fasziniert stehen bleiben und in der Betrachtung versinken, eine gescheiterte Idee bringt zwar mehr als eine nie versuchte, aber zu oft zu scheitern hat auch keinen Wert. Ich koche jetzt meine Marmelade ein!

Ich habe ein Wort verloren! Ein ganz wichtiges Wort, ich kann es nicht wieder finden. Es beinhaltete etwas wie Alltagsadrenalinleere, war aber viel schöner und treffender. Es beschreibt die Alltagsfreudlosigkeit, wenn ich dich nicht sehen und spüren kann, der Duft deiner Haut wird flüchtig und verweht, fast. Deinen Blick und deine Stimme kann ich noch festhalten mit meinen Erinnerungsgeruchsensoren und der Fähigkeit Bilder zu speichern, über Jahrzehnte hinweg. Zu schön wäre es gewesen, die Zeit mit dir noch ein bisschen festzuhalten und einzuatmen, eine kleine Ewigkeit lang.

Ich muss aber vorwärtshinken, immer auf der Flucht vor der Leere und verändere wieder einmal meine Einstellung zur Nichtzeit, der verhassten, die dich nach vorne treibt und Gott sei Dank irgendwann einmal müde macht, so dass du in deine gnadenvollen Träume fallen kannst und vielleicht träum ich von dir.

Meine Lebenslust ist so eingekerkert, dass ich laufen möchte, ganz weit, aber mit dem kaputten Fuß und den zentnerschweren Ketten? Nicht so einfach, aber nicht unmöglich, einfach langsamer laufen. Jetzt begreife ich im tiefsten Inneren den Sinn, unbeobachtet und ohne Angst vor der zu erwartenden Strafe die Zehe aus dem Kreidekreis zu strecken und sich dabei, mit dieser winzigen Bewegung, einem Verbot entgegen zu stellen. Ganz kurz erhellt mich das Gefühl von Zufriedenheit, bevor es abebbt und das Bewusstsein die Situation wieder erkennt, in der du dich befindest. Wie kann ich es erreichen, diesen kleinen Moment besser, nachhaltiger und intensiver fest zu halten im Kopf?

# 13. Kapitel

## *Wolfsnächte oder Gier nach dir*

Als deine Tür für immer, wie ich dachte, verschlossen war, was sich viel später als falsch herausstellte, öffnete sich eine andere. Viele sagen, das sei ein Gesetz! Oder ist es ein Geschenk, eine liebevolle Geste von oben, sich nicht völlig zu verlieren, eine milde Gabe des Lebens oder Zufall? Was es auch ist oder welche Botschaft es von wem auch immer sein mag, ich bin aufgesprungen auf ein schwarzes Pferd auf diesem bunten Karussell und genieße dieses Auf und Ab und die Lust, sich der Musik hinzugeben, den Fahrtwind zu spüren, die Haare wehen im Wind, der Mund lächelt und atmet tief dieses Gefühl des Begehrens, der Sehnsucht, der Lust ein.

Wie hätte ich es mir jemals vorstellen können, dass gerade du ein Teil meiner Sehnsüchte sein würdest? Es geschah nicht überfallsartig, nicht geplant, aber trotzig allen Umständen die Stirn bietend und sich eine kleine geheime Insel schaffend, auf der es nur uns gibt. Gnädig bleibt für ein paar Augenblicke die Zeit stehen, wird zur seelenvollen Körperlichkeit. Wir spielen mit Worten und Zungen und Lippen, bauen Phantasiewelten auf, schlüpfen in andere Rollen, drücken in den neugeschaffenen Medien unsere Sehnsüchte aus, schlafen getrennt miteinander ein. Noch nie war es mir in den Sinn gekommen, meine Gedanken und Wünsche so klar und unverschleiert wiederzugeben und dabei so starke körperliche Empfindungen mit realen Erscheinungsformen zu haben, dass ich mich über mich sehr wunderte. Da scheinen wir eine noch versteckte Tür geöffnet zu haben, die uns immer wieder überrascht. Lust ist entfacht wie ein loderndes Feuer, wie ein Körperflächenbrand aus einem kleinen Funken entstanden, das ich nicht mehr löschen will, einerlei, ob ich mich dabei verbrenne. Ich genieße die Flammen wie ein Pyromane und wärme mich daran, wenn ich von der Hitze durstig bin, dann trinke ich dich, wenn es mir zu heiß wird, dann kühle ich mich mit deinem Schweiß. Und diese Wolfsnächte gehören nur mir und dir.

## 14. Kapitel

# Älter werden oder
# langsam das Licht scheuen

Alle wissen es, überspielen es, drapieren Worte wie verbergende Pflaster darüber, Sätze wie: Man muss würdevoll altern können, man soll zu seinen Falten stehen, Falten sind Narben des Lebens, die dich schöner machen. Will ich nicht hören, überhaupt nicht, weil du viel jünger bist als ich. Ich beginne zu kämpfen, mit Cremes und Hyaluron, grade neu wieder entdeckt das Schröpfen von Falten, das könnte man doch auch versuchen. Der Blick in den Vergrößerungsspiegel wird zur Mutprobe, die schlaffe Muskulatur, die faltige Haut, Ekel und Abscheu, meide grelles Licht, der Liebestempel ist nur mit Kerzenlicht erhellt. Auch meine Edda, die im gleichen Boot sitzende Gefährtin, verlangte nach einem verdunkelnden Tuch vorm Fenster, da sie meint, ihren eigenen Anblick und den ihres Partners nicht ertragen zu können. Ich will mich dieser brutalen Realität nicht stellen, nicht jetzt.

Wieso können Frauen mit ihren Falten nicht genauso interessant wirken wie Männer oder hat es uns irgendein Mann erfolgreich eingeredet, bis wir es alle glaubten? Edda sagt immer, das ist ein rein körperlicher Akt, den wir erleben; will ich auch nicht glauben, mit mir galoppiert die Romantik davon wie mit einem Teenager, der sehnsuchtsvoll auf den Geliebten wartet, mit Herzchen in den Augen und peinliche WhatsApps verschickt und einfach nur verliebt sein will.

Edda lacht mich insgeheim aus, ich merke es doch. Höchstwahrscheinlich hat sie mit allem recht, was sie sagt, über Liebe und Sex, Falten und Altwerden. Aber so will ich es in meiner Welt nicht empfinden, will lieber genießen und jung und kindlich verliebt sein. Edda versucht immer wieder, mir so etwas Ähnliches wie die Realität begreiflich zu machen, aber das bin nicht ich! Ich bin die Einhornfrau, die alles Profane und Vergängliche leugnet, trotz der Faltenuhr, trotz der Sanduhr, in der der Sand rinnt und rinnt. Der erbarmungslosen Realität kann ich mich später stellen, ich habe jetzt einfach keine Zeit dazu, auch wenn die Uhr tickt und der große Badezimmerspiegel gnadenlos alles sichtbar macht, was das Kerzenlicht gnädig verschluckt. Und morgen melden Edda und ich uns im Fitnessstudio an.

# 15. Kapitel

## *Nebeltage oder*
## *zu viel Alltägliches*

Wetter beeinflusst die Stimmung und Aktivität, allerorts bekannt und bis zur Unkenntlichkeit durchgekaut, als Phrase, zum Trost, zur Erklärung für das eigene Unwohlbefinden. Nebel und nur Alltag machen dich tonnenschwer, Nebel, zu viel Alltag, zu wenig Erotik und zu wenig Glücksgefühl drücken dich mit ihrem Gewicht unter die Erde. Dort, leicht eingegraben findest du all die alten Bekannten wieder, die das Glücksgefühl der Begegnung mit dir verscheucht hat, das drohende Alter, die Zukunftsangst, die Angst an Alltäglichem zu ersticken, die Leere und die Abhängigkeit davon zu lieben und geliebt oder zumindest gerne gesehen zu werden, trotz deiner Zaghaftigkeit einen größeren Schritt aus deiner sicheren Zelle heraus zu treten, die Angst, Abfuhr und Enttäuschung zu erfahren, alles da, nur leicht vergraben, nur oberflächlich mit Laub und Erde bedeckt.

Nebel verschleiert alle deine mühsam gemalten, virtuellen Bilder, jeder Schritt ist eigentlich ein Wagnis, links der Straßengraben, rechts der Abgrund, vor dir die Leere, hinter dir die Mutlosigkeit, die dich befallen hat und dich in der Starre verharren lässt. Zügig lief ich eine Zeit lang auf Dinge zu, die mich schon immer interessiert haben, diese Dinge, die mein Leben enorm bereichert haben, und jetzt stehe ich da im Nebel und wage keinen Schritt, nicht vor, nicht zurück, schon gar nicht zurück in die Mutlosigkeit und die Duldsamkeit, alles so anzunehmen wie es ist. Mag diese Duldsamkeit auch eine anerkannte Tugend sein, gepaart mit Zufriedenheit, die wir doch alle anstreben, ich will sie beide nicht! Dann doch lieber mal kurz im Straßengraben liegen oder am Abgrund hängen, wenigstens geschieht irgendwas durch dein Zutun, durch deinen Schritt, den du wagtest. Er könnte dich in die Unabhängigkeit führen, Straßengraben sind meist nicht so tief und aus vielen Abgründen kann man vielleicht wieder nach oben kommen wie Phönix, vielleicht nur dreckig oder zerschunden oder leicht verletzt, aber wenigstens hast du es versucht.

Ich hatte immer Angst im Dunkeln zu fahren, ich sehe zu viele Dinge, die gar nicht da sind, oder reale Dinge, die sich verändern oder an einem anderen Ort wieder auftauchen. Vor langer Zeit, auf Sylt angekommen, sah ich eine Frau mit einem gebatikten Rock aus einer der alten Mülltonnen steigen. Zuerst öffnete sie den Blechdeckel, stieg heraus, streifte den Rock gerade und ging weg. Ich hätte das Muster der Batik zeichnen können, so genau sah ich die Linien und Muster vor mir.

Manchmal, wenn meine Gedanken ganz rein und zuversichtlich sind, wenn ich mit mir versöhnt bin, dann gelingt es mir durch die Dunkelheit hindurch zu sehen, dass ich alles rund um mich wahrnehmen kann, so weit, so klar und mit diesem Blick, der durch alles durchsehen kann, fühle ich mich so sicher wie im Sonnenlicht. Ich möchte diese Reinheit der Gedanken auch an den Nebeltagen fühlen, an den Tagen, an denen ich keinen Schritt wagen will, will die Nebelwand durchdringen und ganz weit sehen. Der Gedanke lässt mich friedvoll lächeln, ich kann es, wenn ich mutig und zuversichtlich bin, dann kann ich die Nebelschleier durchdringen, mit der Kraft eines friedvollen Lächelns. Ich kann es und schon lange fühlte ich mich nicht mehr so frei wie mit diesen Gedanken, das Lächeln breitete sich wohltuend in mir aus, ich fühlte mich gut aufgehoben im Kosmos, ein Teil meiner liebevollen Erde, die mich umhüllt wie ein wärmender Mutterleib, meine Finsternis ist von Sternen durchflutet, ich schwebe angstfrei und lächle den Sternen zu. Jetzt möchte ich mit diesem Gefühl einschlafen, mit den Gedanken an dich und mich, an den Vater und die Schwestern, an die Mutter und Großmutter und an alle anderen, die mir wohlgesonnen begegnet sind.

Marionette
L. AR 20

# 16. Kapitel

## *Festgewachsen oder der Wunsch die Welt still stehen zu lassen*

Ich erinnere mich an eine meiner Erzählungen, die mir stark im Gedächtnis geblieben ist, „Festgewachsen". Ich sehe die Menschheit gleich Ähren auf einem Feld festgewachsen, sich im Wind wiegend, alle gleich, alle im Takt, keiner bricht aus, keiner fällt um, alle im Gleichklang, alle sehen gleich aus, alle Ähren auf dem Feld sind gleich hochgewachsen und alle wiegen sich gedankenlos im Wind. Ich sehe die Ährenleiber auch im Wiegen geboren werden und sterben und ich versuche mich an einem toten Baum hoch zu ziehen, um dem Gleichklang des Wiegens zu entfliehen. Und wenn ich glaube, dem Feld entkommen zu sein, sehe ich mich von oben als Teil der Ähren, die gemeinsam einen einzigen Organismus bilden und unternehme wieder den Versuch auszubrechen, fliehe in meine Gedanken, fliehe zu meinem gestalterischen Tun, fliehe in einen Traum von dir. Und dann soll jeder Augenblick, jede Umarmung hundert Jahre lang dauern und ich frage mich, wann dieser Wunsch endlich vorbei sein wird. Wann kommt der Moment, in dem man mit sich selbst völlig zufrieden ist, wenn man sich genügt? Wann ist der Punkt von innerer Gelassenheit und Zufriedenheit erreicht? Der Tag, an dem nur mehr du selbst für dich wichtig bist, ohne dem Egoismus zu verfallen, der Tag, den du in seiner Einfachheit und Überschaubarkeit liebst? Du hast keine Erwartungen mehr, keine überschäumende Lust, keine Übelkeit mehr vor Freude und Neugier, kein Warten mehr auf dich, zufrieden, mit dir und dem, das dich umgibt.

Welchen Zustand beschreibe ich jetzt? Bin ich bereit für dieses Gleichmaß, für so ein ebenerdig dahinfließendes Leben, ohne Hochs und Tiefs? Ohne Herzklopfen, ohne Hunger nach dir?

So geht Leben nicht, das findet so nicht statt, mag es manchmal langsamer fließen oder schneller wie ein Fluss eben mit seinen Strömungen geartet ist.

Die äußeren Einflüsse verändern das Fließen, die Schneeschmelze, die den Fluss wild über die Ufer treten lässt, die Trockenheit, die aus ihm ein schmales Rinnsal macht, das mäßige Dahinziehen, das Sicherheit und Ruhe gibt, immer anders, mal ruhig, mal stürmisch, wie du und ich.

Dann muss es wohl so sein, das Leben. Mich zog immer das stürmische Hochwasser mehr an als der ruhig dahinfließende Fluss, das war schon als Kind so. Der Bach im Heimatdorf führte Hochwasser, wie interessant und von magischer Anziehungskraft. Trotz des Verbots, ihm nahe zu kommen, fand ich mich am Ufer des Baches, der schon die Wiesen überflutet hatte und schäumend dahin zog. In der Betrachtung des vorbeischießenden Wassers fühlte ich plötzlich meinen Kopf unter Wasser, die Botschaft der Mutter, dass ich immer bitter lernen musste, warum und wozu es Verbote gibt. Doch in dem Moment des Eintauchens in das eiskalte Wasser, fühlte ich tief, dass ich aus dem Wasser komme, dass ich keine Angst zu haben brauchte, dass ich unter Wasser atmen kann und dass ich ein Teil des Baches bin. Oft sprach die Mutter von ihrem für mich heilsamen Einschreiten, doch ich hatte einen kosmischen Durchbruch erfahren. So trieb es mich immer wieder an den aufregenden, Hochwasser führenden Bach oder Fluss, an den, in dem auch du schwimmst, kämpfst, in dem wir uns manchmal verzweifelt aneinander festhalten, uns in den Wassermassen verlieren und doch wiederfinden, manchmal ein rettendes Ufer erreichen, manchmal ruhig schwimmen, manchmal auf dem Trockenen angeschwemmt liegen bleiben und durch das Austrocknen spröde auf der Haut werden. Doch das nächste Hochwasser treibt uns wieder weiter fort.

Wir müssen anscheinend schwimmen und kämpfen, uns verlieren und wieder finden, verdorren und das rettende Ufer erreichen und immer weiter in Richtung Meer treiben. Wenn das Meer dann unsere Erfüllung ist, dann lass uns einander nicht verlieren.

## 17. Kapitel

# Pandemie oder
# andere Probleme

Langsam schlägt die stille Traurigkeit über dein Schweigen in Zorn um, Zorn, weil es so viel Unausgesprochenes gibt, über so viel Feigheit, so viel Verlorenes, so viel Unwiederbringliches.

Das Herz tut noch ein bisschen weh, ich glaubte deinen Worten und genoss und vertraute deinen Zärtlichkeiten, stehe in einem leeren Raum und obwohl ich es nicht will, füllen sich meine Augen mit Tränen. Was habe ich mir in meiner unendlichen Naivität eigentlich vorgestellt? Dass es immer so weiter geht mit diesem geborgten Hochgefühl, das mich meine Ketten vergessen lässt, das meine Sehnsucht nach Zärtlichkeit stillt, das mein Neutrum und meine Rolle in diesem Spiel verschleiert? Mich befällt das Gefühl, ein Zeitvertreib gewesen zu sein, deine Sprachlosigkeit tut mir weh. Ist unsere Coronakrise eine willkommene Ausrede dafür, um deinen Schlummerfrieden wieder herzustellen? Nichts weiß ich mehr, außer dass die erste Bewährungsprobe an einem Virus kläglich gescheitert ist und dass mir deine Nachrichten fehlen, die mit zehn Herzen, zwei Rosen und einem Kussmund.

Ich merke jetzt kläglich, dass der Verlust der körperlichen Nähe nicht so schwer wiegt wie das Fehlen deiner liebevollen Worte. Edda meinte dazu, das käme alles wieder, allein, ich glaube es nicht. Etwas wie Enttäuschung frisst mich mit grässlichen, faulenden Zähnen, zerkaut mich und spuckt Teile meines Wesens, meiner Zuneigung und Hingabe wieder aus. Ich möchte mich irgendwo gut verstecken, bis ich dieses Gefühl der Verlorenheit aus mir hinaus geträumt ist und ich neu beginnen kann, meine Welt mit etwas abgeklärteren Augen neu zu sehen, so wie früher, als es dich noch nicht in meiner Nähe gab, die Zeit vor dir, als ich noch zufrieden war mit meinem teilweise stumpfsinnigen Dasein, ohne zu hoffen, ohne zu lieben und vor allem ohne diese Leere zu empfinden.

Wann hört es auf, dieses drängende Gefühl trotzdem von dir zu hören? In Kombination mit Sehnsucht sind das die schmerzhaftesten Worte, die unsere Sprache zu bieten hat, hart, ohne jegliche Hoffnung, brutal und nicht mehr zu ändern, nie mehr! Nie mehr lässt sich nicht mehr ändern, nicht beschönigen und nicht umschreiben, nie mehr bleibt so hart wie es ist und klingt, schlimmer als Hunger und Durst und still sterben.

## 18. Kapitel

## Enttäuschungen oder
## andere unnötige Dinge

Als du noch klein warst, hast du sicher oft den Satz gehört: „Du musst mit Enttäuschungen fertig werden!" Oder etwas anonymer: Man muss mit Enttäuschungen fertig werden. Einfach so, du wusstest zwar schon, was eine Enttäuschung ist, aber keiner hat dir gesagt, wie man damit fertig wird, nur dass man es muss. Da hast du dann gelernt, so zu tun, als ob nichts wäre, damit du nicht dauernd hören musst, du wärest zu weich und zu unreif, um mit Enttäuschungen fertig zu werden. Oder bei Anzeichen von Enttäuschung folgte oft der vernichtende Satz: „Du hast gar keinen Stolz!" Und fertig war das programmierte Fertigwerden mit Problemen und Enttäuschungen: Kopf und Haare zurückgeworfen, Kampflust in den Augen und das gut geübte sarkastische Zucken im linken Mundwinkel, um zu demonstrieren, dass man nicht zu weich und unreif wäre. Keiner hat dich damals in den Arm genommen und gesagt: „Komm, wein dich aus, dann wird es besser." Heute sagt man: Lass es raus, aber du hast schon zu einem Großteil verlernt, etwas rauszulassen oder loszulassen. Der Schmerz des Verlustes ist da und immer wieder abrufbar, verbunden mit Worten, Gerüchen und Situationen, die dich an den Schmerz erinnern.

Das Einzige, was ich meinen vielen Jahren gelernt habe, ist, dass Arbeit hilft und meine Höhlenmalerei, wo ich entweder mit Worten oder mit Farbe meine Ängste und meinen Schmerz auf Leinwand oder Papier banne. Das habe ich erprobt und es funktioniert. Der nächste schlimme und unrichtige Satz, oft gehört in der Kindheit, ist: „Die Zeit heilt alle Wunden!" Tut sie nicht, das weiß ich schon lange, sie hat den Verlust des Vaters und der Schwester nicht geheilt, sie kann auch im Moment nichts heilen. So viel Zeit, dass sie alle meine Wunden heilt, hab ich nicht, nicht vor mir und nicht hinter mir. Ich weiß nicht, wo sie wächst, die Blume des Vergessens, die aus dem Märchen von Heino im Sumpf. Ich weiß, dass es sie gibt, doch nicht wo! Ich müsste mir aber völlig sicher sein, dass ich, wenn ich sie pflücke, alles vergessen will, das Schmerzhafte genauso wie das Schöne. Ich muss nicht nachdenken, ich will nichts vergessen, nichts von dem, was mein Leben und mein Sein ausmacht, auch wenn mein Herz zuckt und weint.

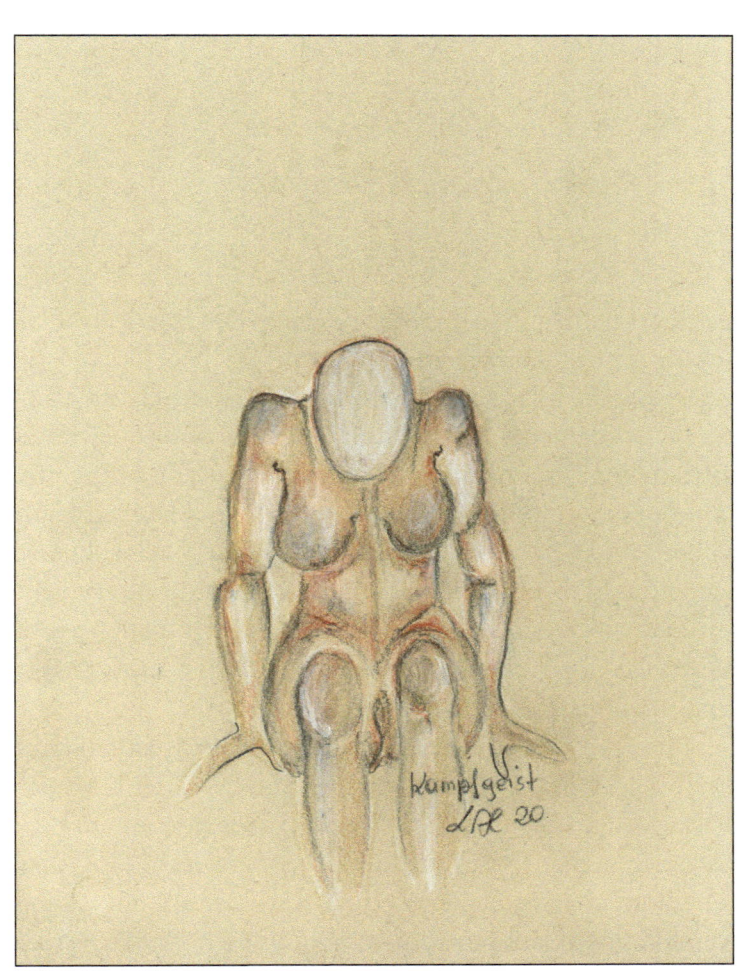

# 19. Kapitel

## Alte Gefühle und deren Neuauflage

Schmerz wird süßer, treibt ab vom Strand wie leere Flaschenpost und kommt nirgends an.

Sommer in Griechenland und schwer verliebt in Xantos, wochen- und monatelang gelitten und doch feige zurück gefahren nach Österreich zum alten, langweiligen Leben ohne ihn und ohne das Meer, aus Angst, das sichere und gewohnte Terrain zu verlassen, ich erkenne keine direkten Grenzen zwischen Feigheit und Vernunft, ist höchstwahrscheinlich Feigheit, wie sich manche ihre Vernunft erklären, damit es nicht so feige klingt, sagt man vernünftig dazu.

Diese süße Gier einer Frau, die weiß was sie braucht und will, die verdanke ich diesem Sommer, der trotz des Verzichts, ich dummes Gnu, noch immer in meinem Gedächtnis gespeichert ist, so angenehm und verträumt, diesen Zustand zu erreichen strebe ich wieder an. Ich wähnte mich schon auf dem Weg dorthin, doch Dank unseres uns beherrschenden Virus ist die Gefahr so gering wie nie zuvor. Du bist jetzt so weit weg von mir, so unerreichbar, so leer wie unsere Sprachboxen und ich weiß noch nicht wie ich damit klar kommen soll. Das Virusleben überholt mich täglich, der Alltag mit all den Planungen zur Aufrechterhaltung unserer persönlichen Infrastruktur beschäftigt mich ständig. Meine schlecht konstruierte Kathedrale, ich pfusche beim Bauen, ist einsturzgefährdet, die tragenden Säulen schwanken manchmal bedrohlich im Sturm. Fast habe ich wieder Sehnsucht nach der Zeit, als ich mir selbst noch genügte, Sehnsucht nach dem inneren Gleichgewicht, das alles überschaubarer begrenzt. Keine Höhenflüge, keine Sturmfahrten, keine Überraschungen, kein Herzklopfen, nur die Gedanken daran, was täglich erledigt werden muss, lassen meine überschäumende Zärtlichkeit versickern, ohne sie an dich verschwenden zu können.

Ich halte inne beim Wort verschwenden, weiß nicht mehr, ob ich mich und meine Zeit verschwende, will es jetzt aber bestimmt nicht wissen, vielleicht später oder gar nicht, wahrscheinlich ist das gut so, nichts Überflüssigeres gibt es, als über verronnene Zeit und verschütteten Wein nachzudenken.

Doch in der Zuneigung fehlen ökonomische Gedankengänge, auch keine logische Handlungsweise, nur das kleine Himmelreich steht leer.

Und diese Leere breitet sich manchmal aus wie eine Giftgaswolke, hüllt mich ein, vernebelt meine Sicht und meine Gedanken, verursacht Atemnot und lässt mich wieder in Unsicherheit verharren. In dieser Starre kann ich mich wenigstens nicht verirren, doch meine Kompassnadel dreht sich wie verrückt, muss warten, bis die Wolken sich verzogen haben.

Aber, ich bin noch nicht so alt, um mir selbst zu genügen und bin höchstwahrscheinlich auch nicht so konzipiert, also mein Bauplan ist ein anderer, ähnlich der Bauweise der Häuser von Numerobis.

Ich führe wieder ein Gespräch mit meinem persönlichen Gott, dem ich erkläre, dass ich alles was ich tun muss, tun werde, mit Freuden und naja, wenn es sein muss, mit aufopfernder Pflichterfüllung, nur möge er mir ein bisschen von der eigentlichen Brise des Lebens gewähren! Entweder ist er auf dem Ohr, in das ich hinein flehe, taub, oder das alles soll wieder eine Art Prüfung werden, das unselige Wort, das laut Mutter und Großmutter erklären soll, warum du wie ein Trottel auf etwas wartest, das nicht eintrifft. Werde eben grade wieder geprüft, die letzten zwanzig Jahre und die kommenden zehn. Ich starre ungläubig zum Himmel, und während ich warte und geprüft werde, erledige ich den sinnlosen Haushaltsendlosunsinn, um nicht verrückt zu werden, habe ich in meiner Endloswarteschleife den Text im Ohr: Sorry, kein Komet am Himmel zu sehen, bitte warten!

Ich hab den Text der Warteschleife so satt, aber wie soll ich meinen Zustand beeinflussen oder ist er gar unbeeinflussbar? Ich will aber nicht Sand werden in meiner Wüste, Sand ist der Endzustand von großen, starken Felsen, die die Zeit mit ihrer Macht zu Sand zerbröseln ließ. Einmal zu Sand geworden, muss man Sand bleiben, in seine Bestandteile zerlegt und leicht fort zu wehen. Du bist zu leicht, zu wenig Bodenhaftung, jeder Windstoß macht mit dir, was er will, formt und zerstört wieder und wieder das Sandbild, das du bist, das, du von dir schaffen wolltest, oder die Form, zu der du dein Einverständnis gegeben hast, der Wind bläst dich fort.

Könnte ich doch nur einmal noch als Fels beginnen, und dann wieder die gleichen Fehler von vorne anfangen, Bindungen eingehen und lösen und suchen und warten auf den Kometen, der nicht kommt.

Ich habe diese Gedankengänge wieder einmal so satt, sind es doch immer die gleichen, die dorthin führen, dass Menschen immer dasselbe Ziel ansteuern, nämlich sein

Herz mit jemandem zu teilen. Alle diese Gedanken enden wieder in einer Sackgasse, in der man sich aber wenigstens nicht verirren kann.

Wenn selbst mich diese Gedanken langweilen, möchte ich nicht wissen, wie sie auf andere wirken. Ich habe ja den Vorteil, mich in mir ganz gut aus zu kennen, andere wissen viel weniger von mir, außer, dass ich beginne sie zu langweilen.

Ich sollte vielleicht an dieser Stelle einfach schließen, ganz ohne Rezept, habe ja eh keines, ganz ohne nähere Erklärungen einfach ENDE schreiben.

Was ist eigentlich sinnvoll im Leben? Ruhm brauche ich nicht, davon träumen unsere Kinder, jedes auf seine Weise, kann mich weiterentwickeln, aber wohin?

# 20. Kapitel

## Erinnerungen oder Rückblicke ohne Chance der Begradigung des Weges

Während eines Films, in dem ein Polizist den Tod einer ganzen Familie bei einem schweren Verkehrsunfall nicht überwinden konnte, rätselte ich über die Gründe seiner Handlungsweise, diese junge Familie nicht loslassen zu können, da kam mir der Gedanke, er könne nicht abschließen, da für ihn diese unmittelbar aus dem Leben gerissene Familie ihr Leben nicht fertig leben konnte. Und gleichzeitig stellte ich mir die Frage, was gewesen wäre, wenn ich in einem der glücklichsten Momente meines Lebens gestorben wäre und welche das wohl gewesen wären?

Ich merke, wie ungeheuer schwer sich das Zurückholen der Erinnerung der glücklichsten Augenblicke eines Lebens anfühlt, so schwierig, dass ich eine längere Phase des Nachdenkens einlegen muss, um nicht gedanklich herumzustottern und Pseudoszenen schildere, das will ich nicht, es sollen definitiv die glücklichsten Momente meines Lebens sein. Absichtlich will ich jetzt nicht mit den dunkelsten Momenten beginnen, das ist viel leichter, die Narben sitzen spürbar unter der Hautoberfläche, ihre raue Form ist leicht zu fühlen, und im Befühlen dieser Narben entstehen Bilder, die vor dir ablaufen wie ein Film.

Wirklich grenzenlos glücklich, voller Erwartung und Freude war der Augenblick, jedes Mal und immer wieder, wenn in einer scharfen Kurve auf der Insel Cres das Dörfchen Stivan auftauchte und den Blick auf die Bucht freigab, die ich in der nächsten halben Stunde erstürmen und hinaus zu meiner kleinen Felsenbucht gehen, fast laufen würde, um mich dann sofort nackt ins Meer zu stürzen. Diese Augenblicke, es waren sehr viele, weil wir immer wieder an diesen Platz zurückkehrten, waren getragen von Sonne und Meer, von Freizeit und einer Überfülle Insel mit all den traumhaften Gerüchen nach Thymian und Rosmarin und den Gesichtern der liebgewonnenen Menschen, die dort lebten und die in ihrer Ursprünglichkeit genau dorthin passten. Meine Augen waren übervoll mit Tränen und das Herz schmerzte im Hals. Das war Glück, ganz tief drinnen! Glücklich war ich eigentlich so oft am Meer, warum bin ich Idiot nicht dortgeblieben? Diese Frage stellte ich mir immer wieder, da war zu viel Feigheit, zu viel Vorsicht, Angst vor Trennungen, von den Eltern und Schwestern, Angst, zu scheitern, woran eigentlich? Glücklich machte mich immer der Anblick von Tieren, warum habe ich nicht ganz viele um mich herum? Da hatte ich Pläne, mit Eseln, Hängebauchschweinen, Hunden und Katzen, doch dann stand immer die Erwerbstätigkeit im Vordergrund, meine Risikobereitschaft ist so kläglich unterentwickelt, dass ich mir selbst leid tu. Jetzt hätte ich mehr Mut, aber die Zeit rinnt mir davon und die Überlegung, wie lange ich viele Tiere noch versorgen kann, die bremst mich.

So einfache Dinge hätten zum Glück gereicht und du hast sie nicht aufgehoben, du hast es nicht riskiert, ein solches Abenteuer zu wagen, du tust mir leid!

Tief glücklich war ich auch, als unser erstes Schwesternkind geboren wurde; als ich sie, Gott sei Dank ein

Mädchen, zum ersten Mal im Arm hielt, da musste ich auch vor Glück weinen und ich versprach mir, für sie da zu sein.

Weinen vor Glück musste ich auch als ich meinen geliebten Kater aus der Tierklinik abholte und er sich dünn wie ein Faden und fast ohne Fell mit seinen vielen Nähten in meinen Arm schmiegte, seine Pfoten um meinen Hals legte und mit mir, ganz eng an mich gepresst, heimfuhr. Nichts war wichtig, nur wir beide und unser Wiedersehen und ich schwor mir, alles für ihn zu tun, dass er wieder gesund wird, so mühsam es auch sein möge. Und er war vernünftig, sprang nirgendwo runter oder rauf, ließ sich von mir heben und tragen, bis er das Gefühl hatte, er würde es wieder schaffen, und jeden Abend lag er neben meinem Kopf und schnurrte und sabberte in mein Ohr und ich liebte es, ich liebte ihn!

So tiefes Glück schmerzt auch immer im Hals, es tut weh, aber man will diesen Schmerz, der Glücksschmerz ist ein so seltenes und kostbares Gefühl, du würdest nicht darauf verzichten wollen, nimmer mehr! Und in diesen so glücklichen Momenten kann man auch nicht sterben, ich wollte mich ja um sie, um ihn kümmern! Und in den dunkelsten Stunden kannst du auch nicht sterben, du musst oder du willst alles wieder gut machen, zumindest willst du es versuchen. Wie man es auch dreht, von welcher Seite man Glück oder Unglück auch betrachtet, nie ist Zeit zum Sterben! Gut, dass sich die Zeit zum Sterben unserem Einfluss entzieht! Ich würde mich aber bestimmt auch schrecklich ärgern, wenn ich meine Gedanken nicht zu einem für mich akzeptablen Ende bringen könnte, Fragment hört sich so negativ an, als ob man etwas nicht zu Ende bringen wollte.

Ich würde so gern wissen, ob sich andere Menschen auch solche Gedanken machen wie ich, wahrscheinlich schon, zweifeln, sich zurück erinnern, sinnlos überlegen, was man hätte besser lösen oder entscheiden können, anstatt diese letzte Chance einer Veränderung zu ergreifen, diese letzte Chance vor dem endgültigen Altsein, das dann den Rest deiner Pläne sowieso ausradiert, mit einem großen unbarmherzigen Radierer, und zurück bleiben die Klammern des Kümmerns und Instandhaltens durch die Arbeit, die die verlogene, sinnlose Struktur um dich und andere herum aufrecht hält, das Korsett, das dich beengt und langsam erstickt, weil du nicht fliehen kannst aus deinem verlogenen Käfig, und ich glaube, dass jeder in einer, in seiner eigenen Form, in seinem eigens geschaffenen Konstrukt sitzt. Es ist manchmal fein und zart gesponnen, deshalb bemerkst du seine Existenz erst zu spät, so spät, dass du das fein gewobene Netz nicht mehr allein zerreißen kannst.

All die schönen Pläne, um glücklich zu werden, mehr wollen wir alle im tiefsten Herzen nicht, sind eingefroren, vergessen, verschüttet, vergraben, verbrannt.

Sicher, ganz sicher, gibt es weniger erträgliche Käfige als meinen persönlichen, doch die Tünche lässt doch die Stäbe nicht verschwinden, heute werde ich zufrieden sein, wenn ich einschlafe und mich in die Traumwelt flüchte, dort passieren wenigstens noch interessante Begebenheiten, außerhalb von Putzen, Kochen, Käfig sauber halten und doch machen wir alle weiter, jeder in seinem Konstrukt, und ich kann mich, kann uns nicht verstehen, wir Menschen sind für mich die erstaunlichste Spezies, vor allem Frauen, so wie mich, werde ich nie verstehen. Ist diese dumme Injektion von Treue, Durchhaltevermögen und Pflichterfüllung so früh und so tief ins Herz gespritzt worden, dass diese tödliche Wirkung noch immer anhält? Aufgeben war nie angesagt, auch in früher Kindheit nicht. Aber was spricht dagegen, wenn man etwas probiert und es gefällt dir nicht mehr, ganz einfach zu sagen, danke, aber das ist jetzt nicht mehr mein Bestreben, weiter fortzufahren in diesem sinnlosen Tun, bei dem man sich im Kreis dreht und schwindlig wird davon. Wegen der schlechten Nachrede? Ach, die hat man sowieso, mit Sicherheit ist der Großteil der Familie noch aufopfernder, noch durchhaltender, noch stärker als ich, aber was sollte es mich nur irgendwo kratzen, Hilfe hatte ich nie, fast nie, aufgerechnet auf 31 Jahre, wahrscheinlich 0,02 Prozent und darauf kann man auch verzichten. Da dürfte noch etwas mehr da sein, das mein Bleiben erfordert, doch so ein Gefühl wie Dankbarkeit für alles, was mir Gutes widerfahren war? Hab ich meine Dankbarkeit noch nicht abgearbeitet und darf man so denken oder sind solche Gedanken nicht menschlich unterentwickelt, ein Zeichen von Rechnen und Berechnen, einfach unwürdig?

Ich kann mir meine Fragen nicht beantworten und auch, wenn ich es könnte, bin ich trotzdem ein Huhn, zwar ein Freilandhuhn, aber doch von Zäunen umgeben und die, die sagen, dass man nur innerlich frei oder unfrei sein kann, die kiffen einen super Stoff und ich bin jetzt neidisch, weil ich keinen hab, so ist es!

## 21. Kapitel

## Schöne Träume oder der Fluch des Erwachens

Als Kind träumte ich schwere Albträume, nach denen ich froh war, aufzuwachen und die Sonne und mir geliebte Wesen zu sehen. Ich musste mir in einigen Jahren so viel Strategien überlegen und ausprobieren, die ich mir schon während des Träumens überlegte und dann tagsüber verfeinerte, um den Verfolgern zu entgehen. Ich versuchte auch List und Täuschung und Lüge, doch gewisse Probleme im Traum könnte ich einfach nicht lösen. Die Zeit, als ich beim Fliegen abstürzte oder in einem Gebiet durch viele Himmel fiel und mich nicht mehr auskannte, stellte mich vor einen großen, langen Lernprozess, dem viele schmerzhafte Stürze vorausgingen. Auch Häuser, in denen ich schon schlechte Erfahrungen gemacht hatte, versuchte ich nicht mehr zu betreten, konnte aber auch die Erfahrungen, die ich dort gemacht hatte, in der Traumerinnerung mit erleben und mir aber trotzdem einen erneuten Besuch ersparen. Schon wenn ein einziger Blick auf eine Situation Gefahr aus der Erinnerung heraus verhieß, unternahm ich alles, um dem schon erlebten Traum zu entgehen und die Handlung in eine andere Richtung zu drängen. Oft gelang es mir, öfter auch nicht, lernte aber dadurch verschiedene Varianten kennen. Auch die Tatsache, dass sich unter mir während des Reitens die Pferde auflösten oder sich in andere Tiere oder Menschen verwandelten, konnte ich überhaupt nicht beeinflussen, obwohl ich es mir so sehr wünschte. Wenn ich dann ein Pferd ritt, das sich nicht verwandelte, war ich so erstaunt, dass sich erst durch dieses Erstaunen das Pferd verwandelte, so beschloss ich, den Glauben, dass ich auf einem Pferd säße nicht zu verlieren, damit es sich nicht durch diesen Unglauben verwandelte. Das war sehr kompliziert und funktionierte sehr selten, aber ich beschloss, nicht aufzugeben!

In all den schönen und weniger schönen Träumen waren und sind die Glücksgefühle größer als in der Realität, während der real erlebte Schmerz keinen Vergleich zum Erleben im Traum hat, der Schmerz, den ich im Traum erlebt habe, ist ein Schattenschmerz, der sich erst im Wiederfinden in der Wirklichkeit, im Bewusstsein über das im Traum Erlebte entfaltet. Der Traumschmerz vergeht, die Erinnerung an den Schmerz mit den dazugehörenden Bildern bleibt, für immer, wie lange immer auch ist!

Die allerschönsten Träume sind die, wenn der Vater bei mir ist und mir in technisch ausweglosen Situationen hilft. Ich stehe vor gigantischen Maschinen, deren Bedienung ich nicht kenne oder vergessen habe, Ab- und Zuflüsse in Rohren, Leitungen und deren Funktionen sind völlig undurchschaubar für mich, dann taucht er auf und löst die Probleme, zeigt mir, wie ich zum Ziel komme und dann erfüllt mich tiefe Erleichterung. Auch mit meiner immer noch nahen Schwester im Traum unterwegs zu sein ist meist ein gutes Gefühl, manchmal will sie aber nichts mit mir zu tun haben, das macht mich zwar traurig, aber ich akzeptiere es. Oft verstecken wir irgendwo Alkohol und trinken ihn, haben Spaß, den ernsten Hintergrund sehe ich im Traum nicht, auch nicht die brutale Wirklichkeit, die uns fest in ihren Klauen hatte. Das

Auftauchen aus dem Sumpf war ungeheuer schwer und schmerzhaft, schade, dass du es nicht geschafft hast, kleine Schwester, alles hätte ich dafür gegeben. Dafür eroberst du für uns das Universum, spürst unendliche Leichtigkeit und alle Hunde und Pferde der Welt gehören dir!

Die schönsten Träume seines Lebens trägt man wahrscheinlich für immer in sich, das hoffe ich, die Erinnerung und das Glücksgefühl beim Erwachen und Erinnern.

Ich betrat einen riesigen, hohen Saal mit exotischen Malereien an den Wänden, Darstellungen der Schöpfung von Tieren im Wasser und an Land. Getragen war der Saal von weißen Säulen, der Marmorboden, ein Mosaik, erschien mir Szenen aus Atlantis darzustellen, in vielen Türkis- und Grünschattierungen, goldverziert.

Der Mosaikboden führte hinaus aus der Säulenhalle und verschwand, sich sanft abneigend, im Meer. Schon von Wellen umspült stand im Wasser eine Elefantenkuh, sie weinte mit Menschentränen, die auf ihr scheinbar totes Kalb fielen. Ich fühlte augenblicklich ihren tiefen Schmerz und beugte mich, selbst weinend, über das lebose Kalb. Ich hob es auf, es war leicht und weich, und ich atmete meinen Atem in sein zartes Rüsselchen. Nach ein paar langen Atemzügen schlug es plötzlich seine Augen auf und atmete selbst. Ich fühlte starke göttliche Gnade, einem totgeglaubten Wesen das Leben wieder gegeben zu haben, diese Dankbarkeit klang sphärisch im Herzen und im ganzen Kopf, tief drinnen muss ich heute noch dankbar lächeln, wenn ich mich erinnere.

In einer anderen Traumnacht entdeckte ich zufällig eine noch nie gesehene Stadt, Straßen waren mit Mosaiken gepflastert, die Straßenlaternen hatten die Form eines Delfins, die in ihren offenen Mündern große goldene Kugeln hielten, die Licht ausstrahlten. Es war später Nachmittag, die Lichter spiegelten sich sanft im Wasser des Sees, an dem die Stadt lag. Als ich über den See schaute, erblickte ich weit draußen eine Insel, bewachsen mit riesigen Mammutbäumen, in deren Kronen Holzhäuser gebaut waren, aus wunderschönem, duftendem Holz. Die Häuser hatten keine Fenster, daher war der Blick auf das Innere frei, Licht erstrahlte und glückliche lachende Menschen aßen miteinander aus einer großen Schüssel. Diesen so erfüllenden Anblick wollte ich mit dem Vater teilen, die Schwierigkeit war, dass man dorthin fliegen musste, andere Verbindungen gab es nicht. Und ich musste ihn tragen, da er selbst nicht fliegen konnte. Die Ängste beim Fliegen waren immer die gleichen, die kannte ich schon. Ich konnte mit Gewicht schwer vom Boden abheben oder verlor an Höhe oder fand das angepeilte Ziel nicht. Dennoch versuchte ich es und trug den Vater ganz leicht auf meinen Armen und flog sicher und frei zu den Bäumen. Ich wusste, dass er dort glücklich sein würde, ich durfte nicht bleiben, aber ich wusste, ich käme bald zu Besuch.

Aus heiterem Himmel erscheint plötzlich ein längst vergangener, fast vergessener Traum mit meinem Vater in meinem Kopf, ein Traum, der mich verwirrt und auch geängstigt hat und nach dessen Bedeutung ich für mich lange suchen musste:

Der Mund meines Vaters lacht dicht an meinem Ohr, verzerrt, furchtsam, gezwungen, halte plötzlich seine Hand, die eine Hundepfote ist, in meiner. Er flieht in den Schutz der Dunkelheit, doch ich halte seine Hundepfote fest umschlungen, eine haarige, schwarze Hundepfote mit spitzen Krallen, ein entdecktes Geheimnis, eine grauenvolle Verwandlung? Sehe Tränen in den Augen des Mannes, der nie weint, die Hundepfote versteckt wie ein Kind, das glaubt, etwas hinter dem Rücken zu verstecken und dadurch dessen Existenz zu verleugnen. Mein Kuss trocknet seine Tränen, mein Mund lächelt, als wollte ich sagen: Nichts ändert sich für mich und ich streichle die silberhellen Tränen aus seinem schwarzen Hundefell.

Dann wusste ich, die wahre Liebe kann nichts und niemand zerstören und sie verzeiht alles, das Dunkelste und Abgründigste und auch, dass ich nur wenige Menschen auf diese Art geliebt habe, so grenzenlos und ohne Vorbehalt.

# 22. Kapitel

## Unsere Verwandlung oder lachend sich selbst ertragen lernen

Ich glaube und sehe es auch, dass wir uns ständig verwandeln, viel öfter als eine Schlange sich häutet. Mit der abgestreiften Haut erscheinen die Narben und Wunden auf der neuen Haut blasser und undeutlicher. Vielleicht geraten sie deshalb etwas in Vergessenheit, weil sie nicht mehr so ins Auge stechen und der große Schmerz vergangen ist.

Die Bilder, die ich sehe und gesehen habe, beinhalten oft Verwandlung, drastischer und schneller und endgültiger als im dahinziehenden Leben.

Unsere Verwandlungen passieren langsam aber unaufhaltsam, innen und außen, dagegen wehre ich mich. Das Äußere kann ich schlecht beeinflussen, aber mein Blick auf die Welt und seine Lebewesen soll kindlich bleiben wie zu meiner Geburtsstunde. Und doch verändert sich der Blickwinkel immer wieder, er wird anders durch Erfahrungen und Begebenheiten, die dich lehrten, besser auf der Hut zu sein, Schmerzen zu vermeiden, Worte abzuwägen, deine Spontaneität zu bremsen, wie absurd!

Die Zivilisation sperrt uns ein, Gefangenschaft ist der Preis für alle Errungenschaften, die uns angeblich das Leben erleichtern, lebenslängliche Gefangenschaft für alle, die Nutznießer des Hauses, der Kleidung, die du nicht mehr selbst herstellen kannst, der Medizin, die mit deinem Körper experimentiert auf dem Weg zum ewigen Leben, um Gottes Willen! Die Steuermänner der Welt, die anscheinend nur ihnen zu Diensten sein soll, versuchen unsere Gefangenschaft mit Brot und Spielen zu vertuschen, immer schon und immer wieder.

Die rasche Verwandlung hat mich nie so erschüttert wie die langsame, schleichende.

In diesem schwarzen Altwasser, stehend, still und undurchsichtig, tauche ich jetzt ein.

Minuten vergehen vom Zeitpunkt des Erblickens meines verschwommenen Spiegelbildes bis zum Eintauchen der Gesichtshaut in diese ebenholzschwarze Wasserfläche, dieses Nach-unten-gezogen zu werden und mit halbgeschlossenen Augen den Zeitpunkt abzuwarten, bis die zitternden Ringe an der Oberfläche verschwunden sind, diesen Augenblick möchte ich erleben, sehe in diesem Wasser, wie sich Bilder mit dem lebensspendenden Plankton vermischen und fühle die Freude den Tieren zur Nahrung zu dienen. In diesem Augenblick kann mir niemand mehr weh tun, das Erlebte zieht hinunter und ich wehre mich nicht, denn es hört nie auf, weder unten noch oben. Doch das sind, falls es jemand vermutet, keine Selbstmordgedanken, es schließt sich ein Kreis, der Kreis des Lebens und keine Trauer ist in diesen Gedankenbildern, nur das Bewusstsein, dass nichts endet, immer weiter geht, gestört und zerstört wird, gegeißelt und gebrannt wird, aber nie aufhört, weder unten noch oben, immer wieder kommt in einer anderen Form,aber immer wieder.

# 23. Kapitel

## Unterwegs oder eine Zeitreise in die Vergangenheit

Sie führt zurück, weit zurück, diese Reise nach Kärnten, Kilometer um Kilometer zurück, das spüre ich schon, seit ich im Auto sitze, werde mit der Entfernung von zu Hause immer jünger, bin unterwegs, um unserer Taufpatin das letzte Geleit zu geben, mit den Schwestern.

Habe bemerkt, dass ich diesen Weg als Reise bezeichnet habe, komme selten weg aus unserem Käfig mit etwas mehr Freiraum als andere Menschen ihn haben.

Ich fühle mich froh und frei so viele Kilometer zwischen dem Alltag und mir zurück zu legen, als ich sehe, warum musste ich es sehen, es tat so weh! Das dunkle Eichhörnchen zappelte mit dem Hinterteil über den Autobahnasphalt, ich musste in dem Bruchteil Zeit sehen, dass der Kopf gequetscht war und sein Hinterteil mit dem buschigen Schwanz bebte und sich ruckartig bewegte. Kurz, bis meine Tränen flossen, stand mein Herz still vor Schmerz und ich wünschte, ich könne so weit zurückschauen, um zu sehen, wie ein Fahrzeug das Restchen Leben aus dem Körperchen nimmt und die kleine Seele von den körperlichen Qualen erlöst. Es tat so weh im Hals, das Gefühl nicht helfen zu können, nichts, als nur weiter zu fahren und die Sinnlosigkeit des kleinen Todes zu ertragen. Ich weinte um das Eichhörnchen, es hatte ja nur mich im Augenblick seines Todes. Wie sollte ich weiterfahren, so, als ob nichts geschehen war, als mir ein Gedanke wie ein erhellender, tröstender Blitz durch den Kopf schoss: Der Vater wird es heilen, wie er so viele kleine und große Lebewesen geheilt und gerettet hatte, das Eichhörnchen war in guten Händen bei ihm, mit diesem Gedanken versiegten meine Tränen.

Seit dem Eintreten ins Haus meiner frühen Kindertage werde ich immer jünger, alles ist gleich und doch anders, es fehlen zwei Menschen, das spüre ich deutlich und die immer so starke Mutter steht auch schon nahe dem Ende des Lebens. Das Werden und Vergehen gehört wie das Atmen zu unserem Leben und doch ist es für jeden immer das erste Mal, das man sieht, wie die Mutter immer weniger wird, wie sie kämpft dagegen, ihre Würde zu verlieren, wie sie versucht ihre Hülle aufrecht zu erhalten, immer wieder neu und erschreckend. Wir erleben unser eigenes Vergehen mit, die eigene Urgeschichte von der Entwicklung des Gehirns, vom Erlangen des Bewusstseins, von der Entdeckung des Feuers, vom Aufrichten auf die Hinterbeine, vom Erfassen der Natur und ihrer Vorgänge, vom Erkennen bis zum Verlust aller oder vieler erworbener Fähigkeiten, eben die uralte, unendliche Geschichte von Leben und Tod.

Das Vergangene und Vergehende finden wir gemeinsam wieder in unserer Trauergemeinschaft zur Feier des Todes der Taufpatin, der Goti. Wir bemerken die Müdigkeit unserer singenden Onkels, sehen alte Bekannte, wir lachen wieder miteinander, so wie immer, heimlich über die Singstimme des Priesters, die einem Muezzin zur Ehre gereicht hätte, wie immer, einer beginnt und wir Schwestern sind dann mittendrin in den gleichen Gedanken und den uns vorschwebenden Bildern, wir sind wieder die ungezogenen Kinder, die das Gleiche sehen und empfinden und unser gemeinsames Lachen tut uns gut. Am nächsten Tag bin ich weiter auf Spurensuche, in der Gärtnerei, in der ich viel Zeit und schöne Stunden verbracht habe. Die Umgebung ist kaum wieder zu erkennen, weiß aber noch viele Straßennamen, die mich leiten und betrete eine völlig andere Gärtnerei als die in meiner Erinnerung und erkenne in einem jungen Gärtnergesicht eine starke Ähnlichkeit mit dem Vater des Jungen, den ich einmal gekannt habe. 30 Jahre waren vergangen, ich habe das niemals als so lange empfunden, warum war ich immer zu feige gewesen an diesen Ort mit den mir so lieben Menschen zurückzukehren, ich habe mir diese Wiederbegegnung selbst versaut. Ein Freund erkennt mich nicht mehr und ich fühle Bedauern, dass ich so lange gewartet habe, aber nichts ist so wie früher und nichts lässt sich wieder gut machen. Ich finde mühsam wieder hinaus aus der veränderten Umgebung und beschließe, all diese Bilder und Gedanken, die mit diesem Ort in Verbindung stehen, zu verlassen und zu konservieren. Ich schüttle alles ab und höre auf, zu suchen, das Finden hat mich tief bewegt, hätte ich bloß nichts gesucht, dieser Ort ließ mich ganz tief fühlen, wieviel Echtzeit vergangen war.

# 24. Kapitel

## Baustellen oder es geht abwärts

Gesprächsinhalte nehmen merklich ein anderes Fahrwasser auf, das Früher ist weg, keine Unschuld mehr. Aus einer Terminsuche für Gemeinsamkeiten wird eine Odyssee durch sämtliche Krankenhäuser und deren Spezialisierungen.

Der gesuchte, gemeinsame Termin wird umschattet und behindert durch eigene, persönliche, unaufschiebbare Termine, die zur Lebensverlängerung, zur Reparatur. Hab ich vor Jahren über die Bedeutung einer Koloskopie, eines dauerhaften Bandscheibenvorfalls, einer Augenlasertherapie, einer gezielten Infiltration etwas gewusst? Höchstens so am Rande, vom Hörensagen, von anderen.

Die Baustellen im und am Körper mehren sich, die Leichtigkeit des Seins ist nicht immer da, vor allem die, die mit dem Bewegungsapparat in Zusammenhang steht und wir beginnen merkwürdige Gespräche zu führen, über Patientenverfügungen, über Testamente und darüber, dass unsere Zukunftspläne von so vielen Faktoren eingeschränkt sind, dass man kaum wagt, sie zu beginnen. Und auch darüber, dass es jetzt schon sinnlos wäre, eine Schildkröte oder einen Papagei zu sich zu holen, verantwortungslos. Und über Bestattungsformen oder dass man sich ein Freudenfest zum Tod wünscht, weil die Christen aufgrund ihres Verhaltens nicht an ihre eigene Wiedergeburt glauben dürften, die verlogenen Klienten. Aber ich will trotzdem an das große Wiedersehen glauben, was sonst? Wenn man nichts mehr erwartet, nur von der Aussicht einer freudvollen Ewigkeit auf ein seliges Leben ohne Trauer, ohne Schmerzen aufrechterhalten wird, dann soll es so sein.

Auf alle Fälle muss die verbleibende Zeit genutzt, mit Freude und Spaß und Liebe ausgefüllt werden. Reisen wäre die beste Alternative, aber wie komm ich weg? Mir wird schlecht. Ich wühle in meiner uralten Wortkiste, die mich schon lange begleitet, will keine Worte, Empfindungen verlieren, will nicht verbittern, nicht jetzt, nicht irgendwann, nie!

Besser aufhören mit diesen Fragen, auf die es keine Antwort gibt. Ich wühle in vergangenen Worten, die mich schon lange Zeit begleiten und dann und wann hervorquellen aus dem Kopf, wie Momentaufzeichnungen von früher, Zeilen von Karl Bolay: Und jeden Abend, wenn die Träume kommen, atme ich dich ganz in mich hinein. Ich will keine Gedankenbilder verlieren, will nicht verbittern, nicht aufgeben, lache über mich, wenn ich mir mein verbittertes Gesicht vorstelle und bin befreit.

Grinse über unsere unzähligen Frauen, denk Hexengespräche, in denen wir uns selbst auf der Schaufel vor uns hertragen, Gespräche über das Ablaufdatum von Gleitgel oder die Möglichkeit, dass es schimmelt, über halb verdunkelte Fenster, über Telefonsex, von dem mir niemand etwas erzählt hat, ich hab auch niemanden gefragt, über all die vielen Dinge, die in dir schlummern, verborgen manchmal, aber nicht tot.

So gesehen ist die Lust eine Untote, die des Nachts meistens auf Beutefang geht, ich seh sie vor mir, sie ist dünn und blass, nicht wohlgenährt. Sie kann sich kaum auf den Beinen halten, die unterernährte Lust, die arme.

Doch tot zu kriegen ist sie nicht, nicht in diesem Leben, nicht in diesem Körper, und nichts will ich vergessen, auch das Finstere nicht. Hat es mich doch mitgeformt und auch stärker gemacht!

Manchmal wird es Herbst in mir, ohne Trauer kann ich den Herbst nicht tragen, obwohl der Blick weiter wird durch die dünner werdenden Blätterdächer, und obwohl die Farben in mir schreien und mit ihrer Kraft auch mich färben in dem schönsten Blutrot des wilden Weins, ein Fest für Augen und Zunge, die dieses Rot schmecken kann.

Es wird Herbst und die Stille fühlt sich oft angenehm an. Die Blüten zeigen noch ihre schönsten Farben, doch nichts täuscht darüber hinweg, dass es Herbst wird, auch in mir.

Was gibt er mir? Geduld zu haben und warten können zu können, die vielen Dinge, die dir einmal wichtig erschienen, übersehen zu können, innerlich die Spreu vom Weizen zu trennen, das Wissen, dass alles wiederkehrt, immer wieder, in anderer oder gleicher Form?

Spaziere durch die Nacht mit Eichendorff: „Was weckst du Frühling mich von Neuem, dass all die alten Wünsche wieder auferstehn", und sein Marmorbild lächelt mir zu.

Das Warten fühlt sich nicht mehr so an wie damals, so hungrig nach Leben und nur Schaum im Ohr, nicht mehr so drängend und nicht mehr alle gemeinsam.

Ich bin schon neugierig, worauf ich warten will, auf eine Reise? Ich hab sie schon im Kopf, auf dich vielleicht? Auf meine Mädels? Auf eine Eingebung, was ich noch will oder ob ich wieder zu feige bin, mich meinen Wünschen zu stellen?

Ich werde aufhören und dann wieder neu beginnen, schon morgen, morgen ist ein guter Tag, um neu zu beginnen, und ich will den Frühling in mir weitertragen und weitergeben und ich bin offen für ihn, dass er mich immer wieder von Neuem weckt, mit seinem Unverstand.

Und ich hoffe, dass du ihn sehen kannst, meinen Frühling!

**Nachsatz zu Verdi:**
Wenn sein Rhythmus den Takt der Probleme übertönt, ist es Zeit, Zeit nur mehr auf die Musik in dir zu hören, auf dieses Aufrauschen von Takten, die in dir schmerzen, und alte Katzenaugen ganz jung erscheinen und der Wunsch nach dem Geschmack von blonden Bärten auf der Zunge, damals am Anfang des Weges, als du sagtest, du seist zu alt für mich oder ich zu jung.

Und jetzt weiß ich wieder, wie man fliegt, einfach glauben an die Tiefe unter dir und sich vor nichts fürchten, auch vor dem Fallen nicht, und in sich hineinhören und auf Antworten warten, die Verdi übertönt.

HERZ FÜR AUTOREN A HEART FOR AUTHORS À L'ÉCOUTE DES AUTEURS MIA KAPΔIA ΓΙΑ ΣΥΓΓΡ
ARTA FÖR FÖRFATTARE UN CORAZÓN POR LOS AUTORES YAZARLARIMIZA GÖNÜL VERELIM SZĺ
RE PER AUTORI ET HJERTE FOR FORFATTERE EEN HART VOOR SCHRIJVERS TEMOS OS AUTO
ZÖINKÈRT SERCE DLA AUTORÓW EIN HERZ FÜR AUTOREN A HEART FOR AUTHORS À L'ÉCOU
ÇÃO BCEЙ ДУШOЙ K ABTOPAM ETT HJÄRTA FÖR FÖRFATTARE Á LA ESCUCHA DE LOS AUTOI
EURS MIA KAPΔIA ΓΙΑ ΣΥΓΓΡΑΦΕΙΣ UN CUORE PER AUTORI ET HJERTE FOR FORFATTERE EEN
ARIMIZ VER ÖINKÈRT SERCE DLA AUTORÓW EIN HERZ FÜI
SCHRI S S C O BCEЙ ДУШOЙ K ABTOPAM ETT HJÄRTA FÖ

# Die Autorin

Lilo Altenkopf wurde 1960 in Klagen-
furt geboren. Sie ist verheiratet und
lebt in Hennersdorf. Lilo Altenkopf
arbeitete als Horterzieherin überwie-
gend im integrativen Bereich. Seit der
frühesten Jugend schreibt sie Lyrik
und Kurzprosa. Dabei gilt ihr beson-
deres Interesse Natur und Umwelt.

Ihre Lyrik wurde unter anderem in der
Literaturzeitschrift „Unke" veröffentlicht.
In „Herzweh, aber Hauptsache Frühling im Kopf"
blickt Lilo Altenkopf auf ihr Leben und die prä-
gendsten Erlebnisse zurück.

# Der Verlag

*„Wer aufhört
besser zu werden,
hat aufgehört
gut zu sein!*

Basierend auf diesem Motto ist es dem novum Verlag
ein Anliegen, neue Manuskripte aufzuspüren, zu ver-
öffentlichen und deren Autoren langfristig zu fördern.
Mittlerweile gilt der 1997 gegründete und mehrfach
prämierte Verlag als Spezialist für Neuautoren in
Deutschland, Österreich und der Schweiz.

**Für jedes neue Manuskript wird innerhalb we-
niger Wochen eine kostenfreie, unverbindliche
Lektorats-Prüfung erstellt.**

Weitere Informationen zum Verlag und
seinen Büchern finden Sie im Internet unter:

www.novumverlag.com